Los misterios de la taberna Kamogawa

Hisashi Kashiwai (Kioto, 1952) estudió Odontología en la Universidad Dental de Osaka. Tras licenciarse, regresó a su ciudad natal para ejercer como dentista. Ha escrito todo tipo de libros sobre Kioto y colaborado en programas de televisión y revistas. *Los misterios de la taberna Kamogawa, Las deliciosas historias de la taberna Kamogawa* y *Las recetas perdidas de la taberna Kamogawa*, publicadas en español por Salamandra, son las tres primeras entregas de una serie que consta hasta ahora de once novelas y ha sido adaptada a la pantalla por la NHK TV. Auténtico fenómeno internacional, se halla en curso de traducción en todo el mundo. *Los sabores secretos de la taberna Kamogawa* es el título de la nueva entrega de esta serie.

HISASHI KASHIWAI

Los misterios de la taberna Kamogawa

Traducción de
Víctor Illera Kanaya

DEBOLS!LLO

Papel certificado por el Forest Stewardship Council®

Penguin
Random House
Grupo Editorial

Título original: 鴨川食堂 *(Kamogawashokudo)*

Primera edición en Debolsillo: marzo de 2026

© 2013, Hisashi Kashiwai
All rights reserved.
Edición original japonesa publicada por Shogakukan.
Edición española acordada con Shogakukan a través de
Emily Publishing Company, Ltd. y Casanovas & Lynch Literary Agency S.L.
© 2023, 2026, Penguin Random House Grupo Editorial, S.A.U.
Travessera de Gràcia, 47-49. 08021 Barcelona
© 2023, Víctor Illera Kanaya, por la traducción
© 2023, Elisa Menini, por las ilustraciones
Diseño de la cubierta: Penguin Random House Grupo Editorial / Laura Jubert
Ilustración de la cubierta: © Silja Goetz

Printed in Spain – Impreso en España

ISBN: 978-84-663-8936-5
Depósito legal: B-21.646-2025

Impreso en Black Print CPI Ibérica
Sant Andreu de la Barca (Barcelona)

P 3 8 9 3 6 B

LOS MISTERIOS DE LA TABERNA KAMOGAWA

I

Nabeyaki-udon

鍋焼きうどん

1

El viento frío hacía volar la hojarasca y Hideji Kuboyama se levantó instintivamente el cuello del abrigo. El templo Higashi Hongan-ji, uno de los símbolos de Kioto, se erguía a su espalda.

«El famoso viento Hiei-oroshi», pensó frunciendo el ceño mientras esperaba a que el semáforo se pusiera en verde.

Ya sabía que el invierno en Kioto era terrible por culpa de la corriente de aire que baja de los montes que cercan la ciudad por tres lados. Claro que en Kobe, su tierra natal, soplaba el Rokko-oroshi, pero el Hiei-oroshi le parecía de otro nivel. Mientras recorría la calle Shomen-dori podía divisar, al fondo, las crestas del monte Higashiyama cubiertas de nieve.

Le hizo señas a un cartero que estaba montado en su moto roja.

—Disculpe, estoy buscando la taberna Kamogawa, ¿sabe dónde es?

—¿La taberna...? Ah, es la segunda pasando aquella esquina —respondió el hombre de un modo maquinal señalando hacia la derecha con un dedo.

Kuboyama se dirigió hacia allí y, tras cruzar la calzada, se plantó frente a una vieja construcción de dos plantas que parecía cualquier cosa menos un negocio en marcha. Dos cuadrados blancos estampados a brochazos marcaban los lugares donde en su día debían de haber estado el rótulo y el escaparate. Pese a todo, no emanaba el aire sombrío y tétrico de las casas abandonadas, sino el calorcillo humano característico de los restaurantes y tabernas en funcionamiento, y si su apariencia lastimosa no atraía a los forasteros, el olor que flotaba alrededor invitaba a ignorar la primera impresión y entrar. Además, del interior parecía brotar el rumor de una alegre charla.

«Este sitio sólo puede ser de Nagare», pensó recordando la época en que él y Nagare Kamogawa eran colegas. Nagare era más joven, pero había dejado el trabajo antes que él. Ahora ambos se dedicaban a otras cosas.

Contempló unos momentos más el establecimiento antes de abrir la puerta corredera de aluminio.

—Muy bue... —empezó a decir Koishi, la única hija de Nagare, que llevaba una bandeja redonda en las manos, pero enseguida rectificó sorprendida—. ¡Anda, pero si es el tío Kuboyama!

Él la había conocido cuando aún era una bebé.

—Vaya, ¡qué guapetona te has puesto, chiquilla! —le dijo quitándose el abrigo.

—Hideji, ¿eres tú? —preguntó Nagare Kamogawa, que había salido de la cocina en cuanto los había oído hablar. Llevaba chaqueta blanca de cocinero y delantal del mismo color.

—Sabía que estarías aquí —respondió Kuboyama con una sonrisa amplia y cariñosa que le entrecerró los ojos.

—¡Es increíble que nos hayas encontrado! Pero siéntate, anda. —Pasó la bayeta por el asiento tapizado en rojo de una silla de tubo—. Disculpa la mugre.

—No he perdido del todo el olfato —repuso Kuboyama echándose vaho en los dedos entumecidos por el frío.

—¿Cuántos años hace que no nos veíamos? —preguntó Nagare tras quitarse el gorro blanco.

—Creo que desde el funeral de tu mujer.

—Siempre te estaré agradecido por aquello —dijo, e hizo una reverencia.

Kuboyama le correspondió, aunque mirando con el rabillo del ojo al joven de la barra, que rebañaba con avidez el contenido de un gran cuenco cuyo borde tenía materialmente pegado a la boca.

—¿Podría comer algo? Estoy muerto de hambre —rogó.

—A los nuevos clientes yo mismo les selecciono lo mejor que tengo en la cocina —explicó Nagare.

—Me parece perfecto —respondió Kuboyama mirando a los ojos a su antiguo colega.

—Muy bien, pues no tardaré —dijo Nagare.

Se puso el gorro y se dio la vuelta. Kuboyama iba a dar un sorbito a su té, pero de pronto levantó la cabeza y le gritó:

—¡Nada de caballa, ¿eh?!

—Descuida —repuso el otro volviéndose—, pasamos muchos años juntos como para olvidarme de algo así.

Kuboyama paseó la vista por el local. Había cuatro mesas para cuatro comensales y cinco taburetes frente a la barra que separaba la cocina del comedor, pero un solo cliente: un joven sentado a la barra. No había menús sobre las mesas, ni siquiera uno grande en alguna de las paredes donde, en cambio, un reloj marcaba la una y diez: la hora de la comida.

El joven de la barra posó el cuenco vacío en la mesa y pidió:

—Koishi, un té, por favor.

—Deberías comer más despacio, Hiro —le sugirió Koishi mientras le servía con una tetera de cerámica Kiyomizu-yaki—, te va a sentar mal.

Kuboyama, que observaba con atención la escena, le comentó a la chica:

—Me parece que sigues soltera.

—Es lo que pasa cuando se apunta demasiado alto —interrumpió Nagare, que volvía con la comida en una bandeja.

Koishi lo fulminó con la mirada.

—¡Menudo banquete! —exclamó Kuboyama.

—Hombre, no exageres. Lo llaman *obanzai*, y se ha vuelto típico de Kioto. —Nagare iba cogiendo los pequeños platos y cuencos de la bandeja y disponiéndolos sobre la mesa—. Se me ocurrió que te gustaría, aunque hace algunos años era impensable que alguien pagara por algo así.

—Y tenías razón, ¡veo que tú tampoco has perdido el olfato!

En vez de seguir charlando, Nagare empezó a decir mientras señalaba los platos uno por uno:

—Tofu frito servido en un caldo de algas *arame*. Croquetas de pulpa de soja. Tallos de crisantemo hervidos en caldo de pescado. Sardinas cocinadas al estilo de Kurama. Albóndigas de tofu, hierbas, huevos y semillas de sésamo. Tocino guisado en té *bancha* y láminas de tofu fresco servido con carne y ciruelas pasas. Y también algunas verduras que Koishi ha macerado en salvado de arroz. Pero te advierto que no esperes gran cosa. En realidad, lo más destacado es el arroz *goshu* al dente, así como la sopa de miso con sabor a raíces de taro. ¿Quieres un consejo? Ponle una pizca generosa de pimienta *sansho* y sentirás un agradable calorcillo por todo el cuerpo. ¡Buen provecho!

Kuboyama había ido asintiendo con los ojos cada vez más abiertos ante cada frase de su antiguo colega, que lo apremió:

—Venga, empieza ya, no dejes que se te enfríe.

Siguiendo la recomendación de Nagare, espolvoreó un poco de pimienta en la sopa de miso, la revolvió bien y se llevó el cuenco a la boca. Volvió a asentir mientras masticaba a conciencia un trozo de taro.

—Esta sopa está deliciosa, bien caliente.

Dejó la sopa de miso y cogió, con la mano izquierda, el cuenco de arroz y, con la derecha, los palillos, que paseó dudoso sobre los distintos platos sin decidirse por ninguno. Le costó escoger, pero por fin cogió un trozo de panceta empapada en salsa y, tras posarlo sobre el arroz, se lo llevó a la boca. No pudo evitar sonreír. Mordió la croqueta de pulpa de soja y el rebozado crujió deliciosamente; dio un bocado a la albóndiga de tofu, hierbas y huevo, y la masa cedió dejando escapar un poco del delicado caldo de pescado en que la habían cocido. Para no soltar los palillos, tuvo que enjugarse el mentón con el dorso de la mano.

Koishi se acercó con una bandeja.

—¿Más arroz?

—Hacía tiempo que no comía tan bien —respondió él colocando el cuenco en la bandeja con ademán gozoso.

—Puedes repetir de lo que quieras, ¿eh? —dijo ella. Luego se dirigió a la cocina cruzándose con su padre, que se acercó a la mesa de su antiguo colega.

—¿Te está gustando? —preguntó.

—Es una maravilla. Me cuesta creer que sea obra de alguien que se arrastró conmigo por el fango.

—Eso ha quedado muy atrás —repuso, y agregó bajando teatralmente los ojos—: Como ves, ahora soy el dueño de una humilde taberna. Y tú, ¿a qué te dedicas?

Koishi, que había regresado de la cocina, le devolvió a Kuboyama el cuenco rebosante de arroz.

—Dejé aquello hace un par de años. Ahora estoy en el consejo de administración de una empresa de seguridad en Osaka —respondió mirando el arroz con los ojos entornados, como cegado por su lustre, y volvió a la carga.

—Vamos, eso que se conoce como «puerta giratoria» —comentó Nagare con sorna—. Me alegro. En cualquier caso, no has cambiado ni un ápice, sigues teniendo esa mirada asesina.

Ambos se observaron un instante y después soltaron una carcajada.

—Se nota el puntito amargo del tallo de crisantemo. Un sabor muy de Kioto, ¿no?

Tras dar buena cuenta de la ensalada de tallos acompañándola con arroz, Kuboyama hizo crujir un pepino macerado.

—Si quieres —sugirió Nagare—, podemos ponerle té verde tostado al arroz para que te lo tomes como una sopa *chazuke* con el guiso de sardinas al estilo de Kurama. Koishi, ¡sírvele el té bien caliente!

Koishi levantó la tetera de cerámica Banko-yaki y vertió el té en el cuenco de arroz como si sólo hubiera estado esperando la señal de Nagare para hacerlo.

—O sea que en Kioto llaman «*kuramani*» a los guisos que se preparan con pimienta *sansho*. En mi tierra los llamamos «*arimani*».

—Supongo que será un signo de orgullo local. Tanto Kurama, en Kioto, como Arima, en Kobe, son célebres por su pimienta.

—No lo sabía —reconoció Koishi.

Tras despachar en un instante la sopa, Kuboyama se recostó en la silla y se puso a mondarse los dientes.

La cocina estaba al lado derecho de la barra, oculta apenas por una típica cortina *noren* de tela azul añil que dejaba entrever, cada vez que Nagare y Koishi entraban y salían, una sala de estar con suelo tapizado adjunta a la cocina propiamente dicha y un hermoso altar budista arrimado a una pared.

—¿Os importa si presento mis respetos? —preguntó Kuboyama asomándose.

Koishi lo guió al altar, pero, antes de dejarle ofrecer incienso, le puso las manos en los hombros y lo miró a la cara entrecerrando los ojos.

—Se te ve más joven, ¿sabes?

—¡Venga! No me tomes el pelo, ya paso de los sesenta.

Kuboyama se sentó en *seiza*, sobre las rodillas y con los glúteos apoyados en los talones, y ofrendó incienso en el altar.

—Muchas gracias, es todo un detalle por tu parte —dijo Nagare haciéndole una reverencia mientras miraba al altar de soslayo.

—Así que ella sigue arropándote y apoyándote desde aquí, ¿eh, Nagare? —comentó Kuboyama procurando relajar un poco las piernas y levantando la vista hacia su antiguo colega, de pie en la cocina.

—Me tiene siempre controlado, que es distinto —repuso el otro riendo.

—Jamás hubiera imaginado que terminarías teniendo una taberna.

Nagare se acercó al suelo de tatami y se sentó, también en *seiza*, frente a su antiguo colega.

—Mejor cuéntame cómo lo hiciste para dar con nosotros.

—El presidente de la empresa en la que trabajo es todo un gourmet y, como tal, le encanta la revista *Ryori-Shunju*. Hay montones de números atrasados en la sala del consejo de administración, así que un día me puse a hojear uno y me encontré con un anuncio escuetísimo que, sin embargo, me encendió la bombilla.

—Vaya, no por nada te llamábamos el Lince Kuboyama. Es increíble que hayas deducido que ese textito de una línea podía referirse a una taberna de mi propiedad y que acabaras llegando aquí, porque no incluía la dirección —comentó Nagare negando con la cabeza.

—Conociéndote, supongo que tendrías alguna razón para poner un anuncio así, pero igual podrías haber sido menos críptico. Dudo que, aparte de mí, haya alguien capaz de encontraros si no conoce este sitio de antes.

—Así está bien, demasiados clientes son más un problema que otra cosa.

—Desde luego, a rarezas no hay quien te gane.

—¿Y qué? ¿Acaso andas buscando un plato de aquellos tiempos? —preguntó Koishi poniéndose al lado de Nagare y mirando con ojos inquisitivos a Kuboyama.

—Pues... —repuso él esbozando una sonrisa tímida.

—¿Sigues viviendo en Teramachi? —le preguntó Nagare al tiempo que se levantaba y se dirigía al fregadero.

—Sí, donde siempre, cerca del templo Junenji. Todas las mañanas camino por la margen del río Kamogawa hasta Demachiyanagi, donde cojo la línea Keihan en dirección a Osaka. La oficina de la empresa está en el distrito de Kyobashi, así que me resulta muy cómodo seguir viviendo donde vivo. En cambio, estar sentado en *seiza* ahora mismo me está matando. La edad no perdona, las piernas ya no me responden como antes.

Se levantó como pudo torciendo el gesto.

—Qué me vas a contar. ¡Cada vez que el bonzo viene a visitarnos en el aniversario de la muerte de Kikuko, sudo la gota gorda para aguantar el *seiza*!

—En todo caso, haces bien. Yo ya perdí la cuenta de los años transcurridos sin llevar a un bonzo a rezar por el alma de mi difunta esposa. Contenta la debo de tener.

Volvieron a la mesa. Kuboyama se sacó un cigarrillo del bolsillo de la pechera y aguardó la reacción de Koishi.

—Aquí no está prohibido fumar, así que adelante —dijo ella, y fue a buscar un cenicero de aluminio.

—Echaré una caladita con vuestro permiso —indicó Kuboyama haciéndole un gesto a Hiro con el cigarrillo entre los dedos.

—Adelante —respondió éste sonriendo y sacando su propio paquete de tabaco de una mochila.

Nagare intervino desde detrás de la barra:

—No te daría la chapa si aún fuésemos jóvenes, pero a nuestra edad conviene dejarlo.

—Me lo recuerdan constantemente —dijo Kuboyama exhalando con deleite un humo violáceo.

—¿Te has vuelto a casar?

—De hecho, he venido a veros por un asunto relacionado con eso —le respondió Kuboyama entrecerrando los ojos, y aplastó la colilla en el cenicero.

—Muchas gracias —interrumpió Hiro—. El *katsudon* estaba de rechupete, como siempre. El arroz, el huevo, la chuleta de cerdo rebozada, todo perfecto.

Se despidió estampando ruidosamente en la barra una moneda de quinientos yenes y salió de la taberna con el cigarrillo entre los labios.

Kuboyama, que lo había seguido con la mirada, se volvió hacia Koishi y le lanzó:

—¿Es tu novio?

—¡Claro que no! —contestó ella con las mejillas encarnadas, dándole una palmada en el hombro—. Es un cliente, nada más. Tiene un restaurante de sushi en el barrio.

—Hideji, no quiero pasarme de formal, sobre todo tratándose de ti, pero Koishi es quien lleva la agencia de detectives; deberías contarle a ella los detalles del caso. La oficina, si me permites llamarla así, está al fondo.

—Pues nada, Koishi, vamos al lío —repuso Kuboyama, y se inclinó hacia delante para ponerse de pie.

—No te levantes —le pidió Koishi—, dame un momento para prepararlo todo.

Se quitó el delantal y se dirigió a toda prisa hacia donde colgaba la cortina color añil.

Kuboyama se reacomodó en la silla y le preguntó a Nagare:

—¿Sigues soltero desde entonces?

—Bueno, «desde entonces»... ¡Tan sólo han pasado cinco años! Si me volviera a casar ahora, Kikuko se me aparecería con un cabreo de mil demonios.

Sirvió té.

—Sí, quizá es muy pronto —reconoció Kuboyama—. En mi caso, este año se van a cumplir quince años. Supongo que Chieko ya no tiene por qué enfadarse.

—¿Quince años? Caramba, cómo pasa el tiempo, parece que fue ayer cuando me invitabas a vuestra casa a comer los manjares que preparaba Chieko.

—Chieko tenía sus cosas, pero cocinaba como nadie, la verdad —recordó Kuboyama dejando escapar un pequeño suspiro.

Tras unos instantes en silencio, Nagare se levantó y propuso:

—¿Vamos?

Kuboyama lo siguió.

Nagare abrió una puerta al fondo. Daba paso a un estrecho corredor por el cual se encaminaron. Las paredes estaban repletas de fotografías de comida.

—¿Estos platos son todos obra tuya? —preguntó Kuboyama mirando las fotos mientras caminaba tras su antiguo colega.

—No todos. Éste, por ejemplo, lo cocinaba siempre Kikuko. En este caso yo me limitaba a poner las guindillas al sol con la finalidad de que se secaran. Le quedaba delicioso, créeme.

—Chieko también ponía a secar las guindillas, pero a mí me parecía una tarea inútil.

Reanudaron la marcha.

Al final del pasillo encontraron la puerta de la oficina, Nagare la abrió y asomó la cabeza.

—Aquí tienes a tu cliente —le dijo a Koishi.

• • •

—Sé que es un poco tedioso, pero ¿puedes rellenar este formulario? —pidió Koishi tendiéndole una carpeta.

Se habían sentado cara a cara, cada uno en un sofá, frente a una mesa baja.

Kuboyama abrió la carpeta y leyó:

—«Nombre y apellido... edad... fecha de nacimiento... domicilio actual... profesión...» ¡Ni que fuera a contratar un seguro! —exclamó socarrón.

—Nos conocemos, con que lo rellenes por encima tengo suficiente.

—Ni hablar, aunque esté jubilado, sigo siendo un antiguo funcionario.

Rellenó a conciencia el formulario y le devolvió la carpeta.

—Impecable —comentó Koishi ante la letra perfectamente legible. Se acomodó en el asiento y dijo—: Y bien, ¿qué plato estás buscando?

—Un *nabeyaki-udon*.

Koishi abrió un cuaderno y se dispuso a anotar.

—¿Podrías darme más detalles?

—Pues se trata del *nabeyaki-udon* que preparaba mi mujer.

—Hace años que falleció Chieko, ¿verdad?

—Sí, quince.

—¿Y aún recuerdas el sabor de ese plato?

Kuboyama iba a asentir con la cabeza, pero terminó ladeándola como si de pronto hubiera cambiado de opinión.

—Tengo una idea del sabor y de los ingredientes que llevaba, pero... —titubeó dejando la frase a medias.

—Intentaste reproducirlo y no lo has conseguido.

—Excelente deducción; de tal palo, tal astilla.

—¿No le habrás pedido a tu pareja actual que lo cocine?

—¿Te parece mal?

—¡Por supuesto! ¡Mira que pretender que recree un plato que te recuerda a tu primera mujer!

—Ya veo que tú también te precipitas en sacar conclusiones, igual que tu padre. Puede que sea un poco bruto, pero no tanto. ¿De veras crees que se lo pedí explicándole que lo preparaba Chieko? Simplemente le rogué que hiciera un *nabeyaki-udon*. Además, no estoy casado con ella. De momento es sólo una compañera con la que me llevo de maravilla. Está divorciada y sola como yo, y cuando la invito a casa se encarga de hacer la comida.

—Ya decía yo que habías rejuvenecido, ¡estás en pleno noviazgo! —exclamó Koishi lanzándole una mirada pícara.

—A nuestra edad, las cosas no son como entre los jóvenes —respondió Kuboyama ruborizado—, pero sí, concedo que es más que una buena amiga. Se llama Nami Sugiyama, aunque todo el mundo la llama Nami-chan. Tiene casi diez años menos que yo; sin embargo, es bastante más veterana en la compañía. Se encarga de la contabilidad y el jefe tiene mucha confianza en ella. El caso es que nos entendemos a la perfección. Vamos al cine, hacemos rutas por templos... En fin, lo pasamos bien, para qué te voy a engañar.

—Estás viviendo una segunda juventud —comentó Koishi riéndose entre dientes.

—Nami-chan vive en Yamanashi, pero es de Takasaki, en la prefectura de Gunma, y su madre falleció allí hace un par de meses dejando a su padre solo, de modo que ha pensado en volverse a Takasaki para cuidar de él.

—¿Ella sola?

Kuboyama se puso rojo como un tomate.

—No, quiere que me vaya con ella.

—Enhorabuena. —Koishi hizo palmitas—. Te ha propuesto matrimonio, ni más ni menos.

—A mi hijo también le parece bien, y yo ya me he hecho a la idea. El problema es la comida —dijo nublando el gesto—, ella es del norte y...

—Aquí es donde entra el *nabeyaki-udon*.

—A ver, no quiero exagerar, pero Nami-chan es una cocinera excelente. Y no sólo con platos japoneses como el estofado de ternera con patatas o el arroz de setas con zanahorias y carne. Incluso cuando prepara el filete ruso, el arroz al curry y otros muchos platos lo hace de forma excepcional. De vez en cuando también hace extraordinarias empanadas chinas o rollitos al vapor rellenos de carne. No le puedo poner peros a casi nada de lo que cocina. ¡Te juro que, cuando lo hace, comemos mejor que en muchos restaurantes! Pero, pese a todo, no sé por qué, su *nabeyaki-udon* no me convence. Se esfuerza muchísimo, me consta, pero sigo notando una diferencia abismal con el sabor del que yo solía comer, ¡y el *nabeyaki-udon* es mi plato favorito!

—Entiendo. Confía en nosotros, mi padre sabrá solucionarlo —prometió Koishi llevándose una mano al pecho.

—Dices «confía en nosotros» y luego le endilgas la tarea a tu padre, ¿eh? —repuso Kuboyama burlón.

—Muy gracioso —dijo Koishi—. El caso es que me tienes que dar más detalles: cómo era el caldo, qué ingredientes llevaba, etcétera.

—El caldo era como el que puedes encontrar en cualquier restaurante de fideos *udon* aquí en Kioto, y los demás ingredientes tampoco tenían nada de especial: pollo, puerro, surimi de pescado, tostaditas de pan, setas *shiitake*, fritura de tempura de langostinos, huevo...

—¿Y qué me dices de los *udon*?

—No tenían la consistencia de los fideos *sanuki-udon* que están ahora de moda; digamos que un poco pastosos, como si estuvieran un poquito pasados de cocción, lo contrario de al dente.

—Entiendo, como los *udon* blandos *koshinuke* de Kioto, ¿no? Vale, vale, me voy haciendo una idea —aseguró ella—. Supongo que ya le has dado a Nami-chan esta... receta, por llamarla de algún modo: que le has descrito el plato a grandes rasgos como a mí. Lo que no entiendo es por qué después su *nabeyaki-udon* te ha sabido tan distinto. En resumen, quizá la investigación resulte más compleja de lo que esperaba —aventuró frunciendo el ceño.

—No tengo claro si es que fallan los ingredientes, la sazón o qué —reconoció Kuboyama.

—¿Recuerdas si Chieko compraba el *udon* o los huevos en alguna tienda en especial?

—La verdad es que nunca puse mucha atención a los ingredientes, pero sí, ahora que lo dices, recuerdo que hablaba de una tal Masu, si no me equivoco, de una Suzu no sé cuántos y de un tal Fuji, o algo así.

—¿Masu, Suzu y Fuji, dices? —preguntó Koishi levantando la cara y mirándolo bolígrafo en ristre.

—Antes de salir a comprar, siempre murmuraba esos nombres. Era casi como si rezara, según recuerdo.

—¿Nada más? —insistió ella—. Cuéntame algo del sabor.

—Recuerdo que dejaba un regusto amargo al final.

—¿Un regusto amargo, el *nabeyaki-udon*?

—Pues sí, un regusto, pero también puede ser que esté confundiéndome.

—Me parece raro que te supiera amargo —repuso Koishi repasando las páginas del cuaderno.

—El caso es que, si pudiera probar una última vez aquel *nabeyaki-udon*, me iría tranquilo a Takasaki. «Adonde fueres, haz lo que vieres», ¿no? Una vez allí, no me quedará más remedio que adaptarme a la sazón de Nami-chan.

—Venga, pues ya está. Verás como lo solucionamos —aseguró Koishi cerrando el cuaderno.

. . .

Al verlos aparecer en el comedor, Nagare apagó el televisor con el mando.

—¿Tienes todo lo que necesitamos? —le preguntó a su hija.

—Por supuesto, el tío ha estado impecable a la hora de recordar —respondió ella con una pizca de ironía.

—Sé que es un caso difícil, pero confío en vosotros. No me gustaría que quedara archivado entre los «casos sin resolver» —intervino Kuboyama dándole unas palmadas en el hombro a Nagare.

—Ojo, que está en juego la segunda juventud del tío Kuboyama —dijo Koishi palmeando también el hombro de su padre, sólo que con más fuerza.

—Prometo hacer todo lo que esté en mi mano —repuso Nagare mirando a su hija con gesto serio.

Kuboyama se puso el abrigo y sacó la cartera.

—¿Me cobráis?

—Pero ¿qué dices? Has hecho una ofrenda muy generosa en el altar y no tengo otro modo de agradecértela. A la comida invita la casa, faltaría más.

—¡Me has pillado! Estaba seguro de que había dejado el dinero sin que nadie me viera.

—Tratándose de tipos sospechosos como tú, no les quito los ojos de encima —aseguró Nagare, y ambos se echaron a reír.

—¿Podrás volver por aquí dentro de un par de semanas? —preguntó Koishi.

—¿En dos semanas? Me parece perfecto, justo estaré librando.

Chupó la punta de un lápiz para anotar la cita en la agenda.

—Me recuerdas a cuando íbamos por ahí recabando información —comentó Nagare entornando los ojos.

—Es casi imposible librarse de las manías de tantos años —repuso Kuboyama; guardó la agenda en el bolsillo interior de su abrigo y abrió la puerta corredera haciendo huir a un gato atigrado que estaba en la calle.

—¿Qué pasa, Hirune? Este señor no te va a hacer daño —dijo Koishi intentando calmar al gatito que había huido cruzando la calle.

—¿Se llama Hirune? ¡O sea que es un dormilón! No lo vi al entrar.

—Precisamente lo hemos llamado así porque está todo el día durmiendo. Lleva aquí más o menos instalado desde hace cinco años, pero, pobrecito, mi padre se pasa el día fastidiándolo.

—Eso no es verdad —objetó Nagare—. Simplemente pienso que un gato no debe meterse donde se sirve comida a la gente.

Le silbó a Hirune, pero éste ni se inmutó: siguió tumbado en el suelo al otro lado de la calle. Parecía decidido a ignorarlo.

—Confío en vosotros —se despidió Kuboyama, hizo una reverencia y enfiló hacia el oeste.

—¿Otro caso difícil? —preguntó Nagare mientras veían alejarse a Kuboyama.

—Más o menos —respondió ella volviendo a deslizar la puerta corredera—. El tío Kuboyama tiene bastante claro cómo es el plato que está buscando, pero ha sido incapaz de reproducirlo.

—¿Qué plato es? —preguntó Nagare sentándose a una mesa.

—Un *nabeyaki-udon*.

—¿De algún restaurante?

—No, el que preparaba su difunta esposa —contestó Koishi abriendo el cuaderno y entregándoselo a su padre.

—Entonces sí que es un caso complicado. Créeme, Chieko era una muy buena cocinera y, encima, ese *nabeyaki-udon* está sazonado con el condimento de la nostalgia —aseguró Nagare hojeando el cuaderno.

—Tiene pinta de haber sido un *nabeyaki-udon* bastante normal y corriente, pero él asegura que no ha vuelto a probar otro igual.

—Chieko era de Kioto por los cuatro costados, así que me puedo hacer una idea más o menos precisa de los condimentos que usaba. Además, vivían en Teramachi —dijo Nagare cruzándose de brazos. Se quedó pensativo.

—¿La conocías bien?

—No tanto, pero fui a comer a su casa un montón de veces.

—Entonces no será tan difícil, ¿no?

—Sólo que no recuerdo haber probado su *nabeyaki-udon* —confesó Nagare. Volvió al cuaderno y siguió estudiando los apuntes.

—Me contó que su novia es diez años más joven, ¿a que te da envidia?

—No digas tonterías, ya te he dicho muchas veces que para mí nunca habrá otra mujer más que tu madre —zanjó—. La tal Nami-chan es de la prefectura de Gunma, ¿no? —preguntó levantando la cara del cuaderno.

—Me parece que sí, de la ciudad de Takasaki.

—De Takasaki, ¿eh? —preguntó Nagare ladeando la cabeza.

—¿Sabes qué? —dijo Koishi por toda respuesta—. Me están entrando ganas de comerme un *nabeyaki-udon*. ¿Qué tal si lo preparas para cenar?

—Me parece bien. De hecho, creo que nos vamos a hartar de comerlo durante las próximas dos semanas —avisó Nagare volviendo a sumergirse en el cuaderno.

2

La gente de Kioto suele decir que el frío sólo aprieta de verdad después del *Setsubun* de primavera, esa festividad a principios de febrero que, según el antiguo calendario lunar, marca el fin del invierno. Kuboyama sólo podía darles la razón mientras caminaba hacia el este al filo del atardecer. Su sombra alargada se proyectaba en diagonal sobre el pavimento.

De alguna parte le llegaba el silbato de un vendedor ambulante de tofu; los niños, con las mochilas a cuestas, lo adelantaban caminando a paso ligero de vuelta a sus casas. Por un momento tuvo la sensación de haber regresado al pasado y, de pronto, se encontró ante la puerta de la taberna Kamogawa.

Hirune se restregó en sus tobillos: parecía acordarse de él.

—¿Nagare ha seguido chinchándote? —le preguntó al animalito mientras se agachaba y le acariciaba la cabeza.

Hirune maulló.

—¡Qué temprano has llegado! —exclamó Koishi abriendo la puerta corredera. El frío la hizo encogerse y apretar los puños—. Venga, entra ya, que hace un tiempo horroroso.

—Como no dejes entrar a éste, va a pillar un resfriado —dijo Kuboyama refiriéndose a Hirune.

—Los gatos no se resfrían —repuso ella—. Además, si lo ve mi padre le va a caer una bronca de aquí te espero.

—¡Koishi! ¡Ni se te ocurra meter al gato! —gritó Nagare desde la cocina.

—¿Lo ves? —dijo Koishi guiñándole el ojo.

—He visto que seguís haciéndolo cada año —musitó Kuboyama mientras se quitaba el abrigo.

—¿Hacer qué? —preguntó Koishi, y le sirvió té.

—Lo de esparcir granos de soja. Te recuerdo de pequeña yendo detrás de tu padre. Él repetía: «Ogros fuera, buena fortuna dentro» mientras lanzaba la soja, y tú le ibas contestando con tu vocecita: «Muy bien dicho, muy bien dicho.» Me alegro de que sigáis guardando las costumbres de Kioto.

—¿Y cómo lo has sabido? —dijo Koishi sorprendida.

—He visto algunos granos de soja en las hendiduras del suelo, delante de la puerta —explicó Kuboyama con cara de satisfacción.

—Veo que no has dejado de ser un detective —dijo Nagare saliendo de la cocina. Iba de blanco de pies a cabeza, con su chaqueta y su gorro de chef.

—Disculpadme por haber llegado tan pronto, ya no aguantaba más. La edad me ha vuelto impaciente.

—Soy yo quien tiene que pedirte disculpas por haberte pedido que vinieras medio en ayunas —señaló Nagare detrás de la barra, y agachó la cabeza.

—Que sepas que he cumplido tu petición a rajatabla y llevo sin probar nada desde que desayuné bien temprano en una cafetería —aseguró Kuboyama bebiéndose de un trago la taza de té, como queriendo engañar al hambre.

—Dame diez minutos más —le pidió Nagare.

—¿Qué tal Nami-chan? —le preguntó Koishi, que estaba poniendo la mesa. Extendió un mantel individual de color añil y colocó los palillos acomodando las puntas en un soporte con forma de hojas de acebo. Después, puso un cuenco de cerámica Karatsu-yaki en el centro y una cuchara china de celadón en el borde derecho.

—Dejó el trabajo la semana pasada y se ha marchado a Takasaki. No os imagináis cómo lo lamentó el presidente de la compañía —respondió él sacando del revistero el periódico vespertino.

—Apuesto a que, ahora que estás solo, ya nunca comes en casa.

Kuboyama bajó el periódico abierto y descubrió su rostro risueño.

—De todas formas, me había acostumbrado a comprarme un *bento*, comida para llevar, para el almuerzo y la cena, ¡pero estoy harto!

—Paciencia, que ya te queda poco —le aseguró Koishi con ojos pícaros—; en Takasaki te esperan días de vino y rosas.

—Volver a tener suegro a mi edad no es una perspectiva muy emocionante que digamos.

—No hay placer sin dolor, la vida es siempre agridulce —repuso Koishi burlona mientras acomodaba un salvamanteles de esparto en una esquina de la mesa.

—¡Por fin llega la hora de la verdad! —exclamó Kuboyama al ver llegar a Nagare. Se enderezó en la silla y dobló el periódico.

—No, no, sigue leyendo mientras comes, como cuando aún eras policía —le propuso Nagare.

—¿Y tú cómo sabes eso? —preguntó Kuboyama parpadeando perplejo.

—No eres el único que no se ha librado de viejos tics —afirmó Nagare sonriendo.

—Parece una película sobre el reencuentro de dos viejos ex policías —comentó Koishi.

—Lo de «viejos» sobra —respondió Kuboyama chasqueando la lengua.

Nagare le pidió a Koishi que lo acompañara a la cocina.

—Parece que el toque final va a ser cosa mía —comentó ella sonriente.

—No me falles —le dijo Kuboyama alejándose.

Mientras Nagare le daba instrucciones a su hija en la cocina, Kuboyama volvió a abrir el periódico, tal como le había sugerido su antiguo colega, y se puso a leer, pero al poco rato comenzó a flotar en el aire el apetitoso aroma de un caldo y le rugieron las tripas.

Nagare volvió de la cocina, se sentó frente a su antiguo compañero y encendió con el mando el televisor que estaba en un estante cerca del techo, al lado de un pequeño altar sintoísta. En la pantalla apareció el telediario de la tarde.

—Todavía no es la hora de la cena, pero creo que las cosas sucedían más o menos así —comenzó a decir Nagare—: Después de trabajar, llegabas a casa tan cansado que te daba pereza hasta cambiarte. Te quitabas la chaqueta, te aflojabas la corbata y te sentabas a la mesa baja dispuesta en el tatami; abrías el periódico, encendías el televisor y comenzabas a percibir el rico olor que escapaba de la cocina. —Kuboyama cerró los ojos y levantó la cara al techo; Nagare continuó—. En aquella época ocurría lo mismo en mi casa: volvía agotado después de trabajar, completamente desganado, sin ánimos de hablar y encima muerto de hambre, y le pedía a Kikuko que me sirviera de comer lo antes posible.

—Y entonces, ella te decía: «Si no estás viendo la tele, ¿por qué no la apagas?», y yo le contestaba que ver la tele era parte de mi trabajo —evocó Kuboyama lanzando un suspiro.

—Se ve que en aquella época sucedía algo parecido en la casa de cualquier policía —comentó Nagare.

—¡¿Puedo ir rompiendo el huevo, papá?! —interrumpió Koishi gritando desde la cocina.

—Antes echa en la cazuela lo que hay en el tarrito —repuso él.

—¿Todo?

—Sí, todo. Y remuévelo a conciencia. Después sube el fuego y, cuando el caldo esté hirviendo, rompe el huevo y viértelo encima, apaga el fuego y cubre la cazuela de inmediato, pero sin encajar la tapa.

—Se necesita muy poco para arruinar un plato, ¿verdad? —comentó Kuboyama—, especialmente un *nabeyaki-udon*. Por eso Chieko me regañaba cuando me quedaba leyendo el periódico con el plato delante.

—Me imagino que te decía: «¡Cómetelo de una vez o los fideos *udon* se van a volver papilla!», ¿no?

Koishi salió por fin de la cocina. En las manos, protegidas por dos gruesas manoplas de cocina, llevaba una humeante cazuela de barro.

—¡Aquí lo tienes!

—¿Qué te parece el olor? ¿Te resulta familiar? —le preguntó Nagare.

Kuboyama acercó la nariz a la cazuela, pero tuvo que retirarla enseguida para no quemarse. De todas formas, percibió un aroma bastante distinto al del *nabeyaki-udon* de su prometida. «No lo entiendo», pensó ladeando la cabeza.

—Disfrútalo —dijo Nagare; se levantó de la mesa y se marchó a la cocina seguido de Koishi.

Kuboyama juntó las manos agradeciendo la comida y luego levantó la tapa de la cazuela. El vapor se elevó hasta el techo.

Tomó un primer sorbo de caldo con la cuchara china de celadón y asintió. Después pescó los *udon* con los palillos; quiso sorberlos, pero el vapor lo hizo toser. Rescató un trozo de puerro del fondo de la olla, lo juntó con los *udon* y se lo llevó a la boca. Probó el pollo, dio un mordisco al *kamaboko*, el delicioso pastel de pescado, todo ello acompañado de gestos de aprobación.

Pronto entró en calor y empezó a sudar. Sacó un pañuelo del bolsillo de la chaqueta y se enjugó la frente.

Entonces se acordó de la tempura de langostinos. La partió con los palillos y se comió la parte de la cabeza.

—La parte de la cola sabe mejor mojada en la yema de huevo, eso está claro —murmuró Kuboyama para sí—, ¡el problema es cuándo romper la yema! Comerse el *nabeyaki-udon* pensando en ese momento es todo un placer.

—¿Qué tal? —preguntó Nagare asomándose desde la cocina.

—Es increíble, ¡es tal como recuerdo el *nabeyaki-udon* de Chieko! —repuso sin poder parar de comer—. No entiendo cómo Nami-chan no ha conseguido prepararlo así jamás, si se lo he explicado igual que a vosotros.

—Los sabores dependen mucho del estado de ánimo —le dijo Nagare con afecto—. Quizá estás tenso cuando comes el *nabeyaki-udon* de Nami-chan.

—Creo que sí —reconoció volviéndose a secar la frente con el pañuelo.

—Seguro que el *nabeyaki-udon* de Nami-chan sabe un poco distinto, pero si te relajaras te darías cuenta de que no es para tanto.

—Sí, sí, ¡pero no sabe igual! ¿Qué truco has utilizado para reproducir el *nabeyaki-udon* de Chieko? —inquirió Kuboyama con una nota de desconfianza.

—Ni trucos ni magia, pura deducción —replicó Nagare.

—Veo que no has perdido tus habilidades de detective, Nagare —comentó Kuboyama sonriente sin dejar de sorber el *udon*.

—Empecé investigando el caldo. Mejor dicho, me dediqué a averiguar dónde compraba Chieko los ingredientes y me fui a la zona del templo de Junenji, donde vivíais. Aunque tú nunca fuiste muy dado a relacionarte con los vecinos, tu mujer sí que llegó a entablar amistad con las señoras del vecindario. De hecho, cuando les pregunté por ella la recordaban muy bien. Por suerte para mí, solían salir juntas de compras a la calle Masugata, la calle comercial de Demachi. —Sacó un mapa y señaló el lugar con un bolígrafo—. La conoces, ¿verdad?

—¡Claro que sí! Recuerdo que la gente formaba largas colas en el puesto de tortas *mochi* de arroz para comprar *mame-mochi* con granos de soja negra o guisantes rojos —respondió Kuboyama volviendo la cabeza, pero sin soltar los palillos.

—¡Exacto! Esa tienda se llama Demachi Futaba, y la calle Masugata discurre a su lado. A diferencia del mercado de Nishiki, allí no hay turistas, sino lugareños, y a Chieko le gustaba comprar allí. Hay un poco de todo, y sus amigas me aseguraron que tenía sus tiendas predilectas para cada ingrediente: compraba el alga *kombu* y las virutas de bonito seco para el caldo en una que se llama Fujiya, el pollo en la Torisen, la verdura en la Kaneyasu, etcétera —explicó Nagare mostrándole un folleto de la calle comercial.

—¿Un solo ingrediente puede cambiar tanto el sabor de un plato? —preguntó Kuboyama masticando el pollo con fruición.

—Tomados por separado quizá no, pero el resultado global sí que puede ser muy distinto. Para la base, Chieko utilizaba alga *kombu* de Matsumae, un producto excepcional, además de una mezcla preparada expresamente para ella de virutas de bonito de Soda y de caballa seca *sababushi*, y al final, según les contó a sus amigas, le añadía sardina japonesa *urumeiwashi* cocida y seca. —Kuboyama prendió una *shiitake* con los palillos y Nagare continuó—. Lo mismo cabe decir de las setas: primero las deshidrataba al sol y luego las hervía con soja y azúcar porque sólo así lograba que, al masticarlas, soltaran su delicioso sabor *umami*.

—¡O sea que lo que tendía Chieko al sol eran las setas! —exclamó Kuboyama saboreando una seta con delectación—. ¡Cuánto trabajo! Si mal no recuerdo, Nami-chan las pone frescas en el caldo.

—Eso sí, si Chieko hubiera tenido que amasar el *udon* y freír la tempura cada vez que preparaba un *nabeyaki-udon*, te habrías desesperado. Por eso, el *udon* y la tempura los compraba ya hechos en un pequeño establecimiento llamado Hanasuzu. ¿Verdad que son idénticos a como los recuerdas? El dueño me aseguró que los ingredientes y las proporciones para la masa de los fideos, así como el método de fritura de la tempura de langostinos, se han mantenido idénticos durante varias generaciones.

—«Hanasuzu», ¡ya entiendo! Eso de «Masu, Fuji y Suzu» no era más que un recordatorio de la calle y las tiendas en las que Chieko tenía que comprar los distintos ingredientes. Masu no era una vecina, sino la calle Masugata, y Fuji y Suzu eran las tiendas Fujiya y Hanasuzu.

—Exacto, y creo que el orden en que cocinaba era el siguiente —aventuró Nagare—. Cortaba el alga *kombu* y el cebollino en bastones y los colocaba en una cazuela de barro; enseguida vertía encima el caldo base. En cuanto te sentabas a la mesa, ponía a hervir el caldo, agregaba el pollo y, cuando estaba medio hecho, introducía los *udon* separados entre sí previamente. Al final ponía el *kamaboko*, los trocitos de pan, las setas y la tempura de langostinos y lo remataba todo con un huevo.

—Tendré que apuntármelo —dijo Kuboyama, y se dispuso a sacar su agenda.

—No te molestes —lo detuvo Nagare—, ya te he escrito la receta punto por punto.

—Tengo que llevársela a Nami-chan.

—Pero te adelanto que el caldo no le va a quedar igual.

—¡¿Y cómo es posible?! —preguntó Kuboyama contrariado—. ¡Cuenta con que iré a las mismas tiendas a comprar el *kombu*, el bonito seco y todo lo demás! Me da igual si los ingredientes son más caros allí, Nami-chan tiene mano suficiente para sacarles partido.

—La cuestión es que el agua de Kanto es más dura que la de Kioto, lo que compromete el sabor de las algas —explicó Nagare—. Podrías llevarte agua de Kioto, pero no sería igual de fresca.

—Conque el agua es diferente —dijo Kuboyama dejando caer los hombros.

—Mira, hagamos un experimento —propuso Nagare; se levantó, sacó dos vasos de agua de la nevera, los puso delante de Kuboyama y le pidió que las comparara.

—A o B, ¿eh? ¡Me quieres poner a prueba!

Probó alternativamente el agua de los dos vasos.

—¿Cuál dirías que sabe mejor?

—Vamos a ver, el agua es agua, pero me gusta más la del vaso A: tiene un sabor ligeramente más dulce.

—La A es agua de pozo que utiliza una tienda de tofu próxima a la calle Masugata, la B es el agua que emplea una bodega de sake de Mikage, en Kobe, tu tierra natal. Está claro que te has acostumbrado al agua de Kioto. La gente siempre se queja del agua cuando se va a vivir a otro sitio, pero ¿qué puede hacer? El agua no va a cambiar, la única opción es adecuar las recetas al agua de la que disponemos y, en último término, acostumbrarnos. Eso es lo que tendrás que hacer con el agua de Takasaki —sentenció Nagare.

—Vale, vale, lo entiendo. De todas formas, sólo puedo celebrar el reencuentro con este *nabeyaki-udon*. Tengo que disfrutarlo con todos mis sentidos.

Metió la cuchara china en el caldo y se la llevó bien colmada a la boca.

—Imagino que en invierno comías *nabeyaki-udon* por lo menos cada tercer día.

—Chieko sabía que me encantaba y, además, es perfecto para los días de frío.

—Cómo nos cuidaban Chieko y Kikuko, ¿no es cierto? Nunca nos echaban en cara nuestros horarios locos, ni que llegáramos muertos de hambre y exigiendo comer de inmediato —comentó Nagare con la cabeza baja.

—Anda, déjate de historias tristes, que estamos celebrando el comienzo de la nueva vida del tío Kuboyama —intervino Koishi ofreciéndole agua a Nagare con los ojos llorosos.

—Espera —le dijo Kuboyama—, aquí está ese sabor amargo del que le hablé a Koishi.

Se sacó con cuidado de la boca un trocito de algo amarillo.

—¡Ah! Eso es la piel del cítrico *yuzu*, la cidra japonesa. Creo que Chieko lo usaba para aromatizar el plato —explicó Nagare.

—¡De ahí el regusto amargo!

—Lo normal es espolvorear un poco de ralladura por encima, pero como eres tan quisquilloso, Chieko debía de esconder la piel en el fondo de la cazuela para que no te la toparas hasta el final. Así, además, sabía cuándo te habías terminado todo el caldo: sólo tenía que esperar a que apretaras los ojos al sentir el regusto amargo.

—Ha sido un gran trabajo de investigación, sí señor. Este *nabeyaki-udon* es idéntico al de Chieko.

Kuboyama dejó la cuchara en la mesa y juntó las manos como muestra de agradecimiento.

—Me alegro mucho —repuso Nagare.

—Ahora te puedes ir a gusto a Takasaki —agregó Koishi.

Kuboyama asintió, sacó la cartera y dijo:

—¿Cuánto os debo?

—La voluntad —respondió Koishi entregándole una nota de papel—. Por favor, ingresa en esta cuenta la cantidad que consideres justa.

Kuboyama se puso el abrigo.

—Esto se merece una buena recompensa.

Nagare abrió la puerta corredera y cedió el paso a su antiguo compañero.

—Pienso volver varias veces al año a visitar la tumba de mi mujer —prometió éste—. Cuando venga, me pasaré por aquí a veros y a disfrutar de la buena mesa.

Ya en la calle, Hirune se acercó a él y se puso a restregar el lomo en los bajos de su pantalón.

—Cuida de Nami-chan, ¿de acuerdo? —le pidió Koishi cogiendo el animalito en brazos.

—Hideji —dijo Nagare—, ¿sabes por qué es famosa la prefectura de Gunma, de donde es Nami-chan?

—Sí, porque allí las mujeres mandan.

—Exacto —repuso el otro con una mueca de malicia—. Si ya lo sabes, no tengo nada más que agregar.

—Procura no resfriarte —dijo Koishi.

—Y tú, a ver si por fin aceptas a alguno de tus pretendientes; ¡si no, tu padre tendrá un pretexto para no volver a casarse nunca!

—No hace falta que me lo recuerdes, gracias —respondió ella poniendo morros.

Kuboyama enfiló la calle, pero casi enseguida se detuvo y se volvió.

—Nagare, no puedo irme sin confesarte una cosilla —dijo.

—¿Qué?

—Vaya por delante que tu *nabeyaki-udon* estaba delicioso y sabía tal como yo lo recordaba, pero creo que estaba un pelín alegre de sal.

—Será cosa tuya, yo estoy seguro de que ese caldo es idéntico al que preparaba Chieko —aseguró Nagare con aplomo.

—¿Sí? Entonces será cosa mía. Muchas gracias, lo importante es que ahora tengo claro cómo sabía ese plato —dijo, y se señaló la boca con un dedo.

—Cuídate mucho —insistió Koishi cuando Kuboyama avanzaba ya rumbo al este por la calle Shomen-dori entre la neblina azul del atardecer.

—Espero que Nami-chan y tú seáis muy felices —agregó Nagare, e hizo una reverencia.

Cuando volvieron a entrar en la taberna, Koishi se puso a recoger las mesas.

—Me alegro de que haya salido de aquí tan contento.

—A su edad, irse a vivir a un lugar completamente nuevo y con suegro de paquete no le va a resultar nada fácil —opinó Nagare quitándose el delantal y poniéndolo en el respaldo de una silla.

—Qué más da —repuso Koishi—, le esperan los dulces días de los recién casados.

—Puede ser. De lo que estoy seguro es de que ya soy muy viejo para eso. Tu madre fue la mujer de mi vida y no quiero ni necesito a nadie más.

—¡Papá! —dijo Koishi de pronto, al encontrar el papel donde estaba escrita la receta—. ¡No te has acordado de dársela! ¡A lo mejor todavía lo alcanzo!

—Déjalo, anda. Sinceramente, creo que lo mejor es que se olvide de Kioto y de los platos de Chieko y se acostumbre a los de Nami-chan.

—A lo mejor vuelve.

—No, lo conozco bien y sé que lo tiene claro.

—Bueno, si tú lo dices...

—¿Cenamos? Empiezo a tener hambre.

—¿*Nabeyaki-udon* otra vez?

—No, esta noche toca *udon-nabe*.

—¿Y qué diferencia hay? ¿No es lo mismo, pero con otro nombre?

—Hiro me llamó más temprano para contarme que le han conseguido un besugo estupendo de Akashi. Lo traerá para que cenemos un *nabe* de besugo.

—¡¿En serio?! ¿Haremos un *hot-pot* de besugo y luego coceremos allí los fideos *udon*? ¡Me parece maravilloso!

Y por cierto, ¿qué fue lo que me mandaste echar en el plato de Kuboyama al final, eso que había en el tarrito de barro?

—Concentrado de caldo de toda la vida. Más vale que se vaya acostumbrando a esos sabores para cuando viva con Nami-chan.

—¡Por eso dijo que lo había notado salado!

—Pensé que, si se convencía de que ése era el sabor del *nabeyaki-udon* de Chieko, no le pondría tantas pegas al que le prepare Nami-chan, aunque le note un sabor algo menos delicado. Le parecerá que es idéntico y ya está.

—Pero en ese caso ¿por qué echarlo en la olla del caldo directamente?

—¡De ningún modo! Habría echado a perder el caldo base, y ni loco me tomo yo un *nabe* de besugo con un caldo tan salado.

—Ahí te he visto. Qué grande eres, papá —dijo Koishi dándole unas palmaditas en la espalda.

Nagare miró por la ventana.

—Está nevando.

—Es verdad, ya empieza.

—Esta noche tomaremos sake contemplando la nieve.

—Pues compré uno perfecto para eso.

Sacó de la nevera una botella de sake.

—Setchubai, claro que sí. Un pelín dulce para mi gusto, pero maridará bien con el *nabe* de besugo. Le habría encantado a Kikuko —dijo Nagare mirando al altar.

II

Estofado de ternera

ビーフシチュー

1

Los árboles de ginkgo plantados a la entrada del templo Higashi Hongan-ji estaban completamente deshojados.

Era diciembre y, quizá por eso, aquellas dos mujeres maduras vestidas con coloridos kimonos llamaban poderosamente la atención mientras se abrían paso entre un enjambre de monjes ajetreados. Un empleado de la tienda de indumentaria religiosa de la calle Shomen-dori salió cargando con una gran caja y se las quedó mirando como si pensara: «¿Y éstas, de dónde han salido?»

Pese a sus atavíos, las dos caminaban ligeras y, finalmente, se detuvieron delante de un establecimiento deslucido y sin actividad aparente.

—¿Estás segura de que ésta es la agencia de detectives gastronómicos? —preguntó Nobuko Nadaya acomodándose la capa color glicina que llevaba sobre los hombros. Se la veía desconcertada.

—No tiene rótulo, pero tiene que ser la taberna Kamogawa —repuso Tae Kurusu. Deslizó la puerta corredera y dejó pasar a Nobuko, que cruzó el umbral con gesto de incredulidad.

—¡Bienvenidas! —las saludó Koishi Kamogawa con una sonrisa. Llevaba chaqueta de cocinero y delantal blancos sobre un traje negro de pantalón—. Nos tenían muy preocupados, señora Tae: tardaban ustedes mucho en llegar.

—Es que nos hemos entretenido en el templo Higashi Hongan-ji, ¡no íbamos a pasar por delante como si tal cosa! —repuso ella quitándose el chal de color caoba y colgándolo en el respaldo de una silla.

Nagare Kamogawa se asomó desde la cocina.

—Muy buenas. Hace frío, ¿verdad?

—¡Señor Nagare! Mire, le presento a Nobuko Nadaya. Somos amigas desde que estudiábamos juntas en el instituto femenino.

Le dio un golpecito en la espalda a Nobuko y ésta inclinó la cabeza con modestia.

—Encantado, soy Nagare Kamogawa —dijo el cocinero limpiándose las manos en el delantal. Luego se acercó a las dos mujeres y añadió—: Y ésta es mi hija Koishi.

—Las felicito por habernos encontrado —aseguró Koishi mirándolas alternativamente.

—Ya que lo dice, aprovecho para sugerirles que no pongan anuncios tan enigmáticos —repuso Tae—: si no me hubiera sonado el apellido Kamogawa cuando Nobuko me mostró la revista *Ryori-Shunju*, jamás los habríamos encontrado. Es imposible que alguien que no conozca ya la taberna dé con ustedes si ni siquiera ponen una dirección.

—Pero ya están aquí, ¿no? Debe de ser el destino. ¿No les parece maravilloso que hayan podido dar con nosotros a partir de un anuncio de unas pocas palabras en una revista?

Nobuko lo secundó:

—Tiene razón: lo importante es que ya estamos aquí.

—Veo que su amiga es muy gentil, señora Tae —dijo Nagare—, lo que no se puede decir de todo el mundo.

—¡No sea grosero! —exclamó ella hinchando las aletas de la nariz.

—Es cierto que somos muy distintas —terció la señora Nobuko mirando de reojo a su amiga—, pero siempre nos hemos entendido de maravilla.

—¿Qué desean tomar? —preguntó Koishi.

—Está haciendo frío, ¿qué tal un jarrito de sake caliente? —propuso Tae.

Su amiga se mostró en franco desacuerdo:

—¡Sake a estas horas del día! No creo que sea buena idea, al menos no hoy.

—¿Qué te pasa, Nobuko? ¿Te encuentras mal?

—Qué va, es que no estoy de humor —dijo ella bajando los ojos.

Nagare volvió con un *shokado-bento*, una de esas cajas con cuatro compartimentos llenos de distintos platos, y la puso delante de la señora Tae.

—Dudo que esté a la altura del *dim sum* que usted me había pedido, pero al menos servirá para matar el gusanillo —dijo sin ironía aparente.

Tae se levantó a medias de la silla e hizo una reverencia.

—Le pido disculpas por ser tan exigente.

Koishi le dijo al oído:

—Mi padre les dio muchísimas vueltas a estos platos. No dejaba de repetirme: «No puedo avergonzar a la señora Tae delante de su amiga.»

—¡Eso no tenías que decirlo! —señaló Nagare frunciendo el ceño. Enseguida puso otra caja igual delante de Nobuko.

—Pero ¿y esta caja? —preguntó ella contemplando atónita la caja de *bento* lacada en negro.

—Éste es el famoso lacado de Wajima —repuso Nagare.

—¿Lo ves, Nobuko? ¡Hasta las cajas de *bento* son especiales en este sitio! ¿Entiendes por qué te he propuesto que viniésemos aquí?

Nobuko abrió la caja y su cara se iluminó.

—Y no sólo es el envoltorio, sino lo que está dentro.

Tae también se quedó absorta ante los ingredientes muy bien dispuestos en los compartimentos.

—Es un *bento* maravilloso.

—Déjenme que les explique brevemente. En el compartimento superior derecho tienen pequeñas porciones de verduras y pescado, una especie de entrante de temporada que en la cocina tradicional llamamos *hassun*. Les he preparado un conjunto bastante abigarrado. En el compartimento inferior derecho, destinado a los platos a la parrilla, he puesto un *teriyaki* de pescado, en este caso de *buri*. En el superior izquierdo, el *sashimi* acompañado de ensalada con aliño de vinagre: besugo de Akashi, *akami* de atún de Kishu y oreja de mar de Karatsu un poquito cocida. El congrio de Miyajima simplemente está sellado y servido en escabeche con pepino y jengibre *myoga*. Por último, en el compartimento inferior izquierdo les he puesto arroz con unas fragantes setas *matsutake* de Shinshu. Cuando terminen, les traeré un consomé de verduras y pescado. Adelante, disfruten.

Hizo una reverencia y se volvió a la cocina.

Tae juntó las manos con cara de admiración y después cogió los palillos.

—¡Buen provecho!

—Esto está delicioso —dijo Nobuko, que ya había empezado a degustar el besugo.

—El *sashimi* está riquísimo, y la combinación de verduras y pescado es asombrosa. ¿Y esto? El sushi de lucio cortado a rodajas, la tortilla *dashimaki*, las albóndigas... creo que de codorniz... son una maravilla. ¡El guiso de pulpo se derrite en la lengua! —dijo Tae.

Nobuko se apresuró a coger un trozo de ese guiso con los palillos.

—Creo que no había vuelto a probar nada tan extraordinario desde aquellos *bento* del restaurante Tsujitomi que tomamos hace años en una ceremonia del té —dijo.

—Es verdad —convino Tae—: aquellos *bento* eran espectaculares, pero éstos no se quedan atrás: el aroma del arroz es casi hipnótico.

Tomó otro bocado de arroz con setas *matsutake*, cerró los ojos y lanzó un suspiro.

—¿No se están excediendo un poco con los halagos? —preguntó Koishi mientras les llenaba las tazas de té mirando de reojo la cocina.

Tae posó los palillos en la mesa y dijo con ademán formal:

—Por cierto, Nobuko, esta chica es la directora de la agencia de detectives; nos atenderá cuando terminemos de comer, ¿verdad, Koishi?

—Por supuesto —repuso Koishi algo avergonzada—, pero sepan que lo único que yo hago es escuchar y anotar lo que nos cuentan los clientes; el que investiga en realidad es mi padre.

Nagare reapareció con dos cuencos que colocó al lado de cada caja de *bento*.

—Disculpen la espera.

—¿Qué es? —preguntó Tae levantando la tapa del cuenco de lacado Negoro-nuri.

—Es un consomé de cangrejo y pescado —respondió Nagare poniéndose la bandeja bajo el brazo—. Como estamos en invierno, lo he espesado con harina de *kuzu* y le he puesto un poco de nabo rallado por encima imitando la nieve. Tómenselo antes de que se enfríe.

Nobuko acercó la nariz al cuenco.

—Huele a cidra japonesa, ¡qué aroma tan delicioso!

—Es *yuzu* de Mizuo, un pueblo al oeste de Kioto. Se supone que ése fue el primer lugar de Japón donde se cultivó el *yuzu*. Yo también pienso que tiene un aroma exquisito. Adelante, disfruten su consomé.

Tae levantó el cuenco y le dijo a Koishi:

—Tiene la misma consistencia que el puré de nabo con pescado al vapor, y está realmente caliente, ¡me encanta!

—¿No les parece que tiene un sabor increíblemente sutil? En casa muchas veces lo comemos en forma de cocido *mizore-nabe*: ponemos en la olla el besugo y el cangrejo algo asados, les vertemos el caldo encima y al final agregamos abundante nabo rallado. Si ese cocido se condimenta con *yuzu* y chile en polvo, no hay quien no entre en calor —explicó Koishi con pasión.

—Venga, hay que comerse esto antes de que se enfríe —urgió Tae.

—Y también hay postre... ay, *mizugashi* —dijo Koishi encogiendo los hombros como quien sabe que ha metido la pata.

—Bien dicho: en la cultura culinaria japonesa no existe esa cosa llamada «postre», ¡eso hay que dejárselo a los franceses! —añadió Tae volviendo a hinchar las narinas.

—Tú siempre igual, Tae, ¡te obsesiona cada minucia...! A mí me trae sin cuidado que se lo llame «postre» o «*mizugashi*» —declaró Nobuko dejando el cuenco en la mesa.

—Ni hablar —replicó la señora Tae—, los detalles importan. El desmoronamiento de una cultura comienza con la perversión del lenguaje. ¿Qué va a ser de nuestra repostería *wagashi* si toleramos que se la compare con simples «postres» y «dulces»? —concluyó y, como para remachar lo dicho, se comió de un bocado un pedazo de pescado con la piel.

Nobuko hizo lo mismo y luego preguntó con cara de satisfacción:

—¿Cuánto hacía que no disfrutábamos juntas de una comida así, Tae?

—¡Pero si hace apenas tres meses fuimos a comer anguila al restaurante Nodaiwa de Yokohama! Bebimos muchísimo, ¿no te acuerdas? —repuso la otra dejando los palillos en la mesa y dando un sorbo de té.

—Se me había olvidado por completo; llevo seis meses terriblemente despistada, sin poder centrarme.

—Y todo porque de pronto recordaste aquel plato que quieres recrear, ¿verdad?

—Sí. Hace más de seis meses que no consigo quitármelo de la cabeza —indicó Nobuko. Había terminado de comer, así que dejó los palillos y tapó la caja vacía.

Koishi llegó con la *mizugashi*, en este caso fruta, y le preguntó a Tae:

—¿Le apetece un poco de té *matcha*?

—Hoy no, lo siento. Además, Nobuko está impaciente por contaros lo suyo.

Nobuko asintió discretamente con la cabeza.

—¡Anda! —exclamó de pronto la señora Tae—. ¡Pero si es un caqui! ¿Seguimos en temporada?

—¿Caqui? —preguntó Nobuko ladeando la cabeza con la cuchara en la mano.

—En Kanto no se suelen ver caquis, ¿verdad? —preguntó Tae.

—Y esta vajilla de Baccarat también es preciosa, realza el color de la fruta —opinó Nobuko.

—Y no es una simple Baccarat: es de la colección Harumi —apuntó Tae—. No suele verse ni siquiera en restaurantes tradicionales de lujo. Me sorprende que tengáis esta vajilla.

Koishi sonrió halagada.

—Es la vajilla de la que más presume mi padre. Tiene bastantes piezas. Recuerdo a mi madre echándole la bronca con frecuencia: «¡Ya has vuelto a pedir un crédito para comprar estos platos!», le decía.

Nagare asomó la cara desde la cocina.

—¡Koishi! ¡Deja de decir bobadas y ve a prepararte de una vez!

—Ya voy, ya voy —repuso ella encogiéndose de hombros y quitándose el delantal blanco—. Bueno, la espero en la oficina, señora Nobuko.

Nagare salió de la cocina y dijo siguiendo a su hija con la mirada:

—Desde luego, esta hija mía no tiene remedio, ¡es imposible que mantenga la boca cerrada!

—Es un encanto, y siempre dice cosas interesantes —dijo Tae con retintín.

—¿Qué le ha parecido la comida, señora Nobuko? —preguntó Nagare mientras retiraba las cajas de *bento*.

—Estaba todo buenísimo: cada bocado me ha dejado claro por qué a mi amiga le gusta tanto esta taberna.

Tae sonrió.

Entonces Nagare miró el reloj de pared.

—¿La acompaño a la oficina, señora Nobuko? Espero que no le importe esperar aquí, señora Tae.

Nobuko se levantó algo indecisa y siguió a Nagare varios pasos por detrás.

Nagare se detuvo de pronto y se dio la vuelta.

—La noto algo reticente —le dijo.

—Es que de repente tengo miedo —contestó ella mirando al suelo.

—Aproveche que han venido hasta aquí, al menos hable con Koishi —zanjó Nagare, y reemprendió la marcha.

Nobuko caminó despacio fijándose en las fotografías que llenaban las paredes del pasillo.

—Son fotos de platos que he cocinado, entre otras cosas —explicó Nagare.

—...

En ese momento los ojos de Nobuko se clavaron en una imagen y Nagare esbozó una tímida sonrisa.

—Ése es el paso a nivel de la línea Eiden. La foto es un recuerdo de la primera vez que mi esposa y yo viajamos en ese tren.

Continuaron por el pasillo hasta llegar a la puerta de la oficina.

—Ya estamos aquí, Koishi —avisó Nagare.

En la habitación había dos sofás colocados frente a frente y Koishi estaba sentada en uno de ellos.

—Pase, por favor.

Nobuko entró en la habitación con actitud vacilante.

—No se siente tan lejos: no me la voy a comer. Ande, póngase en el centro del sofá —la animó Koishi forzando una sonrisa.

—No estoy acostumbrada a hacer esto.

—Nadie lo está, así que tranquila —siguió diciendo Koishi—. De momento, ¿podría anotarme aquí su nombre y apellido, edad, fecha de nacimiento, domicilio y datos de contacto?

Dejó una carpeta en la mesa baja que había entre los dos sofás.

Nobuko lo cogió y comenzó a escribir. Lo hizo rápido, sin titubeos: de pronto parecía decidida.

—Tiene usted muy buena letra, ¡menuda diferencia con la mía!

—Gracias, Koishi, eres muy simpática —dijo Nobuko, y le devolvió la carpeta.

Koishi abrió un cuaderno y, sin más preámbulos, le preguntó:

—¿Qué plato está buscando?

—La cuestión es que no lo recuerdo bien: estoy hablando de un plato que comí hace más de cincuenta años, y sólo una vez —respondió Nobuko azorada.

—Cuénteme todo lo que recuerde de él. ¿Era de carne, de pescado, de verdura?

—Creo que era un guiso de carne y verduras.

—¿Japonés o extranjero?

—Occidental. Ahora que lo estoy pensando, quizá fuera un estofado de ternera.

—¿Dónde lo comió, en un restaurante?

Koishi interrogaba y Nobuko respondía a buen ritmo, con apenas un leve intervalo de silencio entre pregunta y respuesta.

—En un restaurante de Kioto.

—¿Recuerda cuál?

—No.

—¿Ni dónde estaba?

—Qué va, nada —respondió Nobuko mirando la mesa.

—Al menos necesitamos algún dato sobre su ubicación.

—El caso es que sufrí un impacto emocional muy grande cuando estaba comiendo y tengo lagunas en la memoria acerca de lo que sucedió antes y después. Lo primero que recuerdo tras aquella comida es que estaba en casa de mi tío y...

—¿Dónde vive su tío?

—En Kitahama.

—¿Eso está en Kioto? —preguntó Koishi levantando la cara del cuaderno y mirando a Nobuko.

—No, en Osaka.

—Pero esa especie de estofado de ternera lo comió aquí en Kioto, ¿verdad? Si no tiene inconveniente, ¿podría contarme más detalles acerca del choque que sufrió?

Koishi la apremió con la mirada.

—En mil novecientos cincuenta y siete, hace ahora cincuenta y cinco años, yo era alumna de una universidad femenina de Yokohama: fue ahí donde conocí a Tae y nos hicimos amigas. Yo estudiaba literatura japonesa clásica, y en aquella época estaba completamente absorta en el análisis de obras como *La historia de Genji*; el *Hojoki*, también llamada *Pensamientos desde mi cabaña*, de Kamo no Chomei, o el *Heike Monogatari*. Consultando distintos trabajos de investigación, un día me topé, en la tesis de un alumno de la Universidad de Kioto que investigaba en la misma área que yo, con una serie de análisis y reflexiones con los que me sentí plenamente identificada. Decidí escribirle y, tras una toma de contacto inicial, intercambiamos varias cartas hasta que acordamos encontrarnos en Kioto durante la semana en la que yo estaría de visita en casa de mi tío.

Nobuko se tomó de un trago todo el té que quedaba en su taza.

—Digamos, entonces, que ese encuentro fue su primera cita.

Koishi abrió mucho los ojos.

—Supongo que hoy en día aquello se consideraría una cita, pero lo cierto es que mi única pretensión era aprovechar aquel momento para contrastar opiniones acerca de la literatura japonesa.

—Y la conversación fluyó.

—Ya lo creo. Sobre todo cuando hablamos del *Hojoki*. El intercambio fue intenso, por momentos incluso acalorado, aunque debo reconocer que yo aprendí más de él que al revés.

La luz reverberó en los ojos de Nobuko. Koishi siguió tomando notas.

—Me da la impresión de que, más allá del tema de la conversación, su interlocutor le interesaba personalmente. Como hombre, quiero decir...

Koishi, que seguía centrada en el cuaderno, no vio a Nobuko enrojecer como una chiquilla.

—No... Yo...

—De otro modo, no entiendo cómo pudo terminar sufriendo un gran impacto emocional —explicó Koishi ladeando la cabeza.

—Eran otros tiempos. Cuando me invitó a cenar después de aquella charla larga e intensa, la verdad es que dudé bastante: me pareció que aceptar podía no ser apropiado.

—Menos mal que no me tocó vivir en esa época —dejó escapar Koishi en un arranque de sinceridad, y, acto seguido, se tapó la boca.

—Por eso, cuando en plena cena, mientras aún me debatía sobre si había hecho bien en aceptar, me soltó aquello me quedé totalmente en blanco.

—¿Le pidió que empezaran a salir?

—Si sólo hubiera sido eso, no lo habría dejado plantado en el restaurante.

—¡¿Le pidió matrimonio?! —preguntó Koishi abriendo mucho los ojos, pero Nobuko bajó la cabeza sin decir ni que sí ni que no—. ¿Y qué le respondió usted? —volvió a preguntar inclinándose hacia delante.

—Me fui del restaurante sin darle ninguna respuesta —contestó Nobuko cabizbaja.

—¿Y qué sucedió después?

—No he vuelto a saber nada de él desde entonces.

—¡Madre mía! —exclamó Koishi—. ¿Un joven le propone matrimonio y lo siguiente que sucede es que pasan cincuenta y cinco años sin que ninguno de los dos vuelva a ponerse en contacto con el otro?

Koishi se dejó caer sobre el respaldo del sillón y Nobuko levantó la cara por fin.

—¿Qué crees que debería haber hecho?

—Lo siento, debería haberme ahorrado ese comentario: no somos psicólogos, sino investigadores gastronómicos. —Se reacomodó en el asiento—. Volvamos a lo nuestro: cuénteme cómo era ese estofado.

—Apenas me había comido la mitad cuando me marché, así que me acuerdo de muy poco.

—Me pregunto cuántos restaurantes servirían estofado de ternera aquí en mil novecientos cincuenta y siete.

Koishi escribió algo en el cuaderno como respondiendo ella misma a su pregunta.

—Llevaba patatas y zanahorias —balbució Nobuko con voz apenas audible.

—¿Perdón? —preguntó Koishi procurando aguzar el oído.

—El cocinero comenzó a pelar las patatas y las zanahorias cuando recibió la comanda. Después introdujo las verduras en una olla grande y... —respondió con los ojos cerrados.

—¿Y no se impacientaban los clientes? Menuda pachorra. ¿Por qué no lo dejaba preparado y lo recalentaba cuando alguien lo pidiera? —preguntó Koishi ladeando nuevamente la cabeza.

—Olía muy bien mientras esperábamos a que nos sirvieran.

Nobuko hacía memoria dejando vagar la mirada por el techo.

—¿No podría ser que, en realidad, simplemente quería intimar con usted, pero no casarse?

—Eso es lo que yo creía en ese momento —dijo Nobuko—. Al rato nos trajeron la comida. Di el primer bocado y me impresionó lo rico que estaba. Era un sabor nuevo para mí. Recuerdo bien esa sensación. Como a mi padre le gustaba mucho la carne, en casa solíamos tomar guisos parecidos, pero aquel estofado no tenía nada que ver con ninguno que hubiera probado hasta ese momento: era ligero y a la vez sabroso, así es como lo recuerdo. Y cuando mediaba el plato, de repente...

—Le propuso que se casara con él; no se lo esperaba, se quedó aturdida y, sin saber qué decir, salió disparada del establecimiento. ¿Cómo se llamaba él?

Koishi se dispuso a anotar el nombre.

—No recuerdo si era Nemoto, Nejima, ¿o era Nekawa? Nobuko desvió de nuevo la mirada al techo.

—¿No recuerda el nombre de la persona que le pidió la mano?

Koishi estaba estupefacta. Nobuko asintió en silencio.

—Sólo estoy segura de que su apellido se escribía con el ideograma «rata». Me acuerdo porque hizo un juego de palabras con su apellido y con su signo zodiacal chino. Y si mal no recuerdo, vivía en el barrio de Kamigyo.

El bolígrafo de Koishi volaba.

—Al regresar a casa de mis tíos en Osaka, ellos se dieron cuenta enseguida de que me pasaba algo y quisieron saber qué había sucedido. Supongo que me notaron muy rara. Cuando les conté lo que había ocurrido, llamaron enseguida a mis padres, que se deshicieron de todas las cartas y de cualquier otro detalle relacionado con aquel hombre que yo guardaba en casa. Es muy posible que en aquel momento me dijera a mí misma que debía olvidarme por completo de él.

—Lo más fácil hubiera sido hallar a ese hombre. Necesitamos más pistas, cualquier detalle. —Pensativa, movió dos o tres veces el bolígrafo entre los dedos—. Por ejemplo, dónde estuvieron antes de llegar al restaurante.

—¿Antes de llegar al restaurante? Recuerdo vagamente que estuvimos caminando mucho rato. ¡Sí, eso es! Estuvimos paseando por un bosque denso y oscuro.

—¿Un bosque? Kioto está rodeada de monte por tres lados y tiene mucho bosque. Es una pista que no creo que nos ayude gran cosa —repuso, apuntando no obstante el dato en el cuaderno.

—Oh, sí. Ahora me acuerdo de que al salir del bosque había un templo sintoísta. Allí pedimos un deseo y...

—Bosques santuario también hay en Kioto para dar y tomar —comentó sin dejar de escribir—. Le agradezco que vaya recordando detalles, pero son muy fragmentarios e imprecisos, incluso para alguien como mi padre.

Resopló pasando las páginas.

—Lo ves difícil, ¿verdad? —preguntó Nobuko dejando caer los hombros.

—Pero ¿por qué quiere volver a probar ese estofado de ternera precisamente ahora? —insistió Koishi.

Nobuko dio un gran suspiro antes de explicar:

—Tengo una hija que acaba de cumplir cuarenta años y sigue soltera. Sospecho que no se ha ido de casa sólo porque yo soy viuda y no quiere dejarme sola. El caso es que hace cosa de medio año —continuó en un tono más animado— un hombre le propuso matrimonio y, como desde entonces está dudando si aceptar o no, un día cualquiera me preguntó cómo me pidió matrimonio su padre. Yo no supe qué responderle porque conocí a mi marido en un encuentro organizado que no tuvo nada de romántico y la única vez que alguien me pidió que nos casáramos fue...

—En aquel restaurante hace cincuenta y cinco años.

Nobuko asintió con la cabeza.

—Me pidió matrimonio y lo dejé con la palabra en la boca. Por supuesto, no pretendo arreglar nada a estas alturas; pero siento curiosidad por saber si mi vida habría sido distinta de haberme quedado allí.

—Muy bien. Entendido. Veremos qué puede hacer mi padre con esto. Confiemos en él.

Koishi cerró el cuaderno.

—Muchas gracias.

Nobuko agachó la cabeza y se levantó despacio.

Koishi y Nobuko regresaron caminando por el pasillo al comedor. Tae y Nagare charlaban animadamente sentados el uno frente al otro.

—¿Se lo has podido contar todo como querías? —preguntó Tae a Nobuko.

—Sí —respondió Nobuko inexpresiva—, ha sido muy atenta y comprensiva conmigo.

—¿Ya le has dado cita para el próximo día? —preguntó Nagare a Koishi.

—Se me olvidaba una cosa importante, señora Nobuko. Normalmente pedimos catorce días a nuestros clientes para encontrar el plato. ¿Le parece bien volver aquí el mismo día dentro de dos semanas?

Nobuko aceptó:

—Si a ustedes les parece bien, por mí no hay problema.

Koishi dejó la carpeta y el cuaderno sobre una mesa.

—Cuando se acerque la fecha, volveré a ponerme en contacto con usted para recordarle la cita.

Nobuko abrió el bolso.

—¿Qué les debo?

—El trabajo de investigación lo cobramos una vez finalizado el encargo, así que eso será el próximo día. En cuanto a la comida...

Koishi miró a Nagare.

—La señora Tae me ha abonado los dos servicios.

—Pero bueno, Tae, esto no es lo que habíamos hablado —dijo Nobuko, recriminándole su proceder y ofreciéndole la cartera—. Quedamos en pagar cada una lo suyo.

—Te lo debía de la última vez. Me invitaste a unas anguilas carísimas.

Tae se levantó y dio por terminada la discusión.

Nagare miró a Tae.

—He disfrutado mucho conversando con usted.

—Lo mismo digo. Aunque quizá he hablado demasiado —respondió Tae mirando de soslayo a Nobuko.

En cuanto Koishi abrió la puerta corredera, el gato puso su pata en el umbral.

—¡Oye, Hirune! Ni se te ocurra entrar.

—Cuidado, Hirune. —Nagare lo miró amenazante—. Las señoras llevan kimonos muy elegantes, así que ni te acerques.

Tae y Nobuko salieron y se fueron caminando despacio hacia el oeste. Nagare y Koishi se quedaron mirándolas hasta que doblaron la esquina y desaparecieron.

—Me da que este caso es de los difíciles, papá —comentó Koishi mientras le entregaba el cuaderno.

—«Este caso», ¿dices? —preguntó su padre con ironía—. ¡Todos son «de los difíciles»!

Se sentaron cara a cara a una mesa y él abrió el cuaderno.

—La señora Nobuko quiere un estofado de ternera, pero una serie de circunstancias hacen que sus recuerdos sean escasos e imprecisos —explicó Koishi asomándose al cuaderno que sujetaba su padre y señalando sus propias anotaciones con el dedo.

—¿Un estofado de ternera? Hace tiempo que no preparo uno —dijo Nagare—. Veamos qué te ha dicho: «un bosque y un santuario», «las verduras se empiezan a pelar con la comanda», «nacido en el año de la rata», «Osaka, barrio de Kitahama». ¡Pero ¿esto qué es?! No entiendo nada.

—¿Podrás hacer algo con esos datos? —quiso saber Koishi cruzándose de brazos y ladeando la cabeza.

—Me tienes que explicar la historia con más detalle —dijo apoyando los codos en la mesa y la barbilla en las manos.

Entonces Koishi le contó los pormenores del caso con todos los detalles que la propia Nobuko había conseguido recordar y él fue tomando sus propias notas y asintiendo con la cabeza.

—No creo que sea difícil reproducir ese estofado —afirmó en un momento dado sin levantar la cara del cuaderno.

—¿De verdad? —preguntó Koishi asombrada.

—Aparte de eso... —Dejó la frase a medias y frunció el ceño.

—¿Qué pasa? ¿Algún problema? —inquirió recelosa.

—Bueno, cosas. De momento hay que ponerse con ese estofado.

Y se levantó sin decir más.

2

Cerca del 20 de diciembre, en Kioto empieza a imperar una sensación de apremio y, en consecuencia, los transeúntes que circulaban delante de la taberna Kamogawa apretaban el paso.

Nobuko, por su parte, se impacientaba sentada a una mesa cerca de la entrada mientras miraba y remiraba la calle.

—Mira que le insistí en que llegara a las doce en punto —musitó irritada mientras Koishi colocaba el mantel y los cubiertos en las mesas.

Nagare se asomó desde la cocina y avisó:

—La señora Tae me acaba de llamar para decirme que ha tenido que atender a un cliente de última hora.

Nobuko soltó un gruñido.

—Podría haberle dicho al famoso cliente que tenía un compromiso importante.

Nagare salió de la cocina y fue hasta la mesa.

—Mire, señora Nobuko, me gustaría aprovechar para pedirle un par de cosas antes de que le traigamos el plato que nos ha pedido.

Ella puso cara de nervios y aguardó tensa las palabras de Nagare.

—Estoy casi seguro de que hemos encontrado el estofado que usted añoraba, pero quiero que le sepa lo más parecido posible al que comió hace cincuenta y cinco años, y para eso tengo que pedirle que se ponga en situación y se imagine que acaba de llegar al restaurante y pedir la comida. ¿Le parece bien?

—De acuerdo —repuso ella poniéndose muy seria y cerrando los ojos como quien se sumerge en un recuerdo.

—Mientras tanto —dijo Koishi—, yo le voy a preparar el estofado. Mi padre me ha dado la receta y me ha explicado qué hacer.

Y se marchó a la cocina.

Nagare, por su parte, se sentó frente a Nobuko y comenzó a hablar.

—El restaurante en el que comió aquel estofado de ternera se llama Grill Furuta. —Hablaba con voz grave, como si pretendiera hipnotizarla—. Está en una callejuela y el rótulo cuelga bajo las ramas de una falsa acacia. Entrando a la derecha hay una barra; usted y su acompañante han tomado asiento allí, en taburetes contiguos, y él le ha pedido la comida al dueño del local: «Dos estofados de ternera, por favor», y éste se ha puesto a pelar las patatas y las zanahorias. Ahora estaríamos en ese momento.

—¡¿Cómo sabe todo eso?!

—Para poder reproducir aquel estofado, tenía que reproducir toda aquella jornada.

—«Toda aquella jornada» —dijo Nobuko sorprendida.

—Fue un día de invierno de hace cincuenta y cinco años. Imagino que hacía frío, como hoy. Aquel hombre y usted quedaron en la estación de Sanjo Keihan: supongo que su intención era llevarla al santuario de Shimogamo. Aunque ahora hay línea directa a Demachiyanagi, en aquel entonces no existía, por eso deben de haber ido paseando hacia el norte por la ribera del río Kamogawa.

Nagare desplegó en la mesa un mapa del área urbana de Kioto y Nobuko se inclinó sobre él para seguir con la mirada el dedo del cocinero.

—¡Es verdad! —confirmó Nobuko sonrojándose—. Caminamos por la orilla, río arriba, conversando tan animadamente que nadie habría dicho que era la primera vez que nos encontrábamos.

—Ésta es la estación de Demachiyanagi —dijo Nagare señalando un punto—, y sospecho que más o menos aquí... —volvió a señalar— subieron al dique para adentrarse en el bosque sagrado Tadasu-no-Mori —concluyó posando el dedo en un área de color verde justo en la confluencia de los ríos Takanogawa y Kamogawa—. Éste es el bosque por donde recuerda haber estado paseando.

—Yo recuerdo un bosque muy denso, no me parece que estuviera casi en medio de la ciudad —replicó Nobuko.

—El Tadasu-no-Mori es un bosque virgen, así que es muy denso —afirmó Nagare abriendo el portátil y mostrándole la imagen de un arco *torii* bermellón como los que marcan la entrada de los santuarios sintoístas—. El santuario que visitaron tiene que ser el Shimogamo-jinja, es el único al que se llega atravesando un bosque así.

Nobuko seguía escéptica.

—No creo que sea el único santuario que linda con un bosque.

—Mire, si habían estado hablando del *Hojoki*, tiene sentido que fueran a visitar el Shimogamo-jinja, que está relacionado con la obra, ¿no cree? Por otro lado, ¿se ha puesto a pensar por qué recuerda que el signo zodiacal chino de su acompañante era la rata?

Nobuko reflexionó un momento, pero terminó diciendo:

—Supongo que lo recuerdo simplemente porque él me lo dijo.

—También le habría dicho su nombre, ¿no?, y lo ha olvidado. A mí me parece, más bien, que no recuerda tanto una palabra como una escena: el momento en que su acompañante le rezó a la deidad de las ratas.

—¿La deidad de las ratas?

—El santuario de Shimogamo es único no sólo en Kioto, sino en todo Japón, porque allí se rinde culto a algunos signos del zodíaco por separado. Dentro del santuario hay un espacio llamado Kotosha que alberga siete capillas sintoístas. Cinco están dedicadas a dos signos zodiacales cada una, pero las dos restantes lo están una al caballo y la otra a la rata, en exclusiva. Creo que por eso se acuerda del signo de su acompañante.

—Después de cruzar el *torii* por el suelo de grava rastrillada —recordó Nobuko; las imágenes comenzaban a emerger cada vez más nítidas en la mente— pensé que llegaríamos a un gran oratorio, pero lo que había eran varias capillas.

—Las imágenes no desaparecen con tanta facilidad de la memoria, ¿verdad?

—Salimos del santuario —continuó Nobuko— y seguimos caminando muy juntos.

—¡Koishi! —gritó Nagare volviéndose hacia la cocina—, pon el roux en la olla y tráela, por favor.

—No pasa nada si la retiro un momento del fuego, ¿verdad? —preguntó Koishi y, cuando su padre le respondió que no, apareció con una olla de aluminio que desprendía vapores con un aroma delicioso.

—El Grill Furuta tenía la cocina a la vista —dijo Nagare acercándole la olla a Nobuko—, y creo que el olor que salía de allí mientras ustedes esperaban sentados a la barra debió de ser muy parecido a éste.

—¡Es idéntico! —afirmó Nobuko, que había cerrado los ojos para sumergirse en aquellos efluvios.

—El estofado estará listo en menos de un cuarto de hora —prometió Nagare, y le hizo señas con la mirada a Koishi para que se llevara la olla a la cocina. Después continuó—: Voy a decirle algo que a lo mejor le parece una impertinencia; si es así, dígamelo y me callaré.

Nobuko dudó un instante, pero luego dijo que sí con la cabeza.

—Cuando la acompañé a la oficina el otro día la noté muy nerviosa, y eso suele pasar cuando el plato que el cliente quisiera volver a probar está asociado en su memoria al recuerdo de una persona a la que querría haber olvidado. —Nobuko siguió con la mirada clavada en la mesa y Nagare sorbió un poco de té antes de seguir—. Encontrar el estofado de ternera no fue difícil. El Grill Furuta es un restaurante conocido entre los gourmets, e incluso aparece mencionado en varias obras literarias, así que, para identificarlo, me bastó con rehacer la ruta que ustedes dos siguieron; otra cosa fue dar con la persona de la que usted no quería acordarse.

Nobuko alzó la cara y asintió.

—Su nombre era Shigeru Nejima —dijo Nagare—. Le pregunté a un cliente habitual del Grill Furuta si recordaba haber conocido en el restaurante a algún estudiante de la Universidad de Kioto cuyo apellido contuviera la letra «rata» y se acordó de él.

—Shigeru Nejima —repitió Nobuko absorta por completo. Al cabo de unos instantes, sin embargo, como si hubiera sentido la mirada escrutadora de Nagare, volvió en sí y enderezó la espalda.

—El señor Nejima era alumno de la Facultad de Letras. Había nacido y crecido en Kioto y vivía en el distrito de Kamigyo, cerca de la parada de Shin-nyodo-maecho y del Palacio Imperial.

Señaló el punto exacto en el mapa.

—¿Cómo ha podido averiguar tantas cosas sobre el señor Nejima?

—Me las contó su hija.

—No sabía que tuviera una hija —dijo Nobuko dejando caer los hombros como si estuviera decepcionada.

Nagare dio un nuevo sorbo de té para aclararse la garganta y continuó:

—Si me permite, me gustaría que retrocediéramos cincuenta y cinco años. El señor Nejima y usted se encontraron en diciembre de mil novecientos cincuenta y siete, y él se marchó al Reino Unido a comienzos del año siguiente.

—¿Al Reino Unido?

—Así es. Se fue a estudiar y, cuando llevaba allí tres años, se casó y tuvo una hija. Luego entró a trabajar en una universidad de Londres, donde llegó a ser profesor emérito. Acabó residiendo en aquel país durante treinta y cinco años. Su esposa falleció hace cinco y él, aunque ya estaba jubilado, siguió haciendo investigaciones sobre literatura japonesa hasta el año pasado, cuando murió. Supongo que le propuso matrimonio en aquel restaurante de Kioto porque quería que se fuera con él a Londres. Entonces usted residía en Yokohama, ¿no es cierto?, así que él no podía dejar escapar esa oportunidad porque lo más probable era que no tuviera otra.

—Pero ¿estamos hablando de hechos contrastados o de elucubraciones suyas?

—Son hechos —repuso Nagare—. La hija del señor Nejima me permitió ojear los detallados diarios que su padre escribió de forma ininterrumpida desde mil novecientos cincuenta hasta el año de su muerte. Eran tan íntimos que él no consideró adecuado que los leyera nadie, ni siquiera su esposa, así que los guardó siempre en su despacho de la universidad, pero su hija los encontró por casualidad después de su muerte. Por desgracia —continuó con una sonrisa— no contenían la receta del estofado de ternera.

Miró el reloj de pared y se volvió hacia la cocina mientras Nobuko murmuraba como excusándose frente al propio Nejima:

—Tenía miedo, me asustó una felicidad tan repentina.

Justo en ese momento Tae entró en la taberna a toda prisa y jadeando.

—¡Disculpen el retraso! —dijo.

—Llegas tardísimo —le reprochó Nobuko, pero Koishi anunció desde la cocina:

—Acabo de terminar de cocinar en este mismo instante, ¡si quieren pueden probar el estofado juntas!

—Lo siento mucho —se disculpó Tae mientras procuraba recuperar el aliento y arreglarse el cuello del vestido—, ha llegado una visita de improviso.

Nagare llevó el estofado de ternera y lo puso en la mesa.

—Qué bien huele —dijo Tae olfateando el vaporcillo.

En cambio, Nobuko se quedó inmóvil contemplando fijamente el guiso.

—Adelante. Cómanselo mientras está caliente —las animó Nagare.

Las dos amigas juntaron las manos y luego, casi al mismo tiempo, cogieron cuchillos y tenedores. Koishi salió de la cocina y se colocó junto a Nagare para ver su reacción.

Nobuko se llevó un trozo de carne a la boca y enseguida se puso a asentir con la cabeza.

—Éste era el sabor, exactamente éste.

—¡Bravo, papá! —exclamó Koishi dándole palmadas en el hombro a Nagare.

—Habría dicho que era un guiso ligero, pero tiene un sabor deliciosamente intenso —opinó Tae con una sonrisa—, y la salsa *demi-glace* está muy bien lograda.

—Cierto escritor famoso, que también es amante de la buena cocina —dijo Nagare con algo de discreta presunción—, escribió que el estofado de ternera del Grill Furuta recuerda al *pot-au-feu*, pero yo no estoy de acuerdo: esta salsa es de color tomate, no tan oscura como la *demi-glace*, y también más ligera. Se consigue cociendo la carne aparte y después sofriéndola con oporto antes de añadir a las verduras y ponerlo todo a fuego lento. Si la carne y las verduras se cuecen juntas desde el principio, estas últimas se deshacen y sus sabores terminan mezclándose; en cambio, con la receta del Grill Furuta los sabores de las verduras sólo se mezclan en la boca.

—He probado un poco y está riquísimo —cuchicheó Koishi al oído de su padre.

—Pues claro —le respondió Nagare en susurros—. Me he empleado a fondo para reproducir este guiso.

Nobuko y Tae comían en silencio, pero a todas luces se veía que estaban pasando un rato de lo más agradable.

Cuando vio que iban a terminar, Nagare les dijo:

—Aunque han comido el mismo estofado de ternera, me atrevería a decir que no les ha sabido igual a las dos.

—¿Qué quiere decir? —preguntó Tae limpiándose la boca con la servilleta.

—A diferencia de usted, la señora Nobuko estuvo sentada media hora a la mesa antes de comer: ese tiempo afecta el sabor. —Le dirigió una mirada afectuosa a Nobuko—. En su caso, el estofado está aderezado con sus recuerdos.

Nobuko se ruborizó.

—¿Sabría decirme dónde está enterrado el señor Nejima? —le preguntó a Nagare.

—Sus restos descansan en un templo budista de Okazaki. Allí lo llaman Konkai-komyo-ji, pero mucha gente en Kioto lo conoce como Kurodani-san. Como le he dicho, el señor Nejima falleció el año pasado. Fue en diciembre y, según he sabido, en un día de mucho frío.

Nobuko se quedó un rato en silencio y dijo por fin:

—Nunca pude pedirle perdón por el modo en que lo traté.

—Aquello terminó antes de que empezara —murmuró Koishi.

—Creo que va siendo hora de irnos —propuso Nobuko sacando la cartera del bolso. Sentía la necesidad de poner en orden sus sentimientos—. ¿Cuánto les debo?

—Por el trabajo de investigación cobramos la voluntad. Puede ingresar la cantidad que considere oportuna en esta cuenta —repuso Koishi entregándole un papel.

—El estofado estaba exquisito —afirmó Tae haciéndole una reverencia a Nagare.

—Me alegro de que le haya gustado, aunque, conociéndola, a lo mejor lo habría preferido más picante —dijo él con una sonrisa.

Nobuko salió de la taberna y se despidió inclinando la cabeza.

—Muchas gracias.

Entonces Nagare se dio una palmada en la frente y exclamó:

—¡Qué barbaridad! Por poco se me olvida. Tengo algo que entregarle. —Sacó un sobre blanco del bolsillo de su bata—. Son dos pañuelos que la hija del señor Nejima me dio para usted.

Abrió el sobre y le tendió uno de los pañuelos a Nobuko.

—¡Pero si éste es...! —exclamó ella.

—Exacto, es el pañuelo que se dejó en el Grill Furuta hace cincuenta y cinco años. Y este otro es un pañuelo de encaje Swatow que el señor Nejima quería regalarle. Es una preciosidad, ¿no cree? El motivo se llama «Reflejo de luna creciente», y su nombre proviene de un verso del gran poeta chino Li Bai, también llamado Li Po. Según he leído, esa clase de poemas hablan de enamorados que esperan a alguien que está lejos. El caso es que el señor Nejima le mandó este pañuelo a su casa junto al que usted se dejó, pero se lo devolvieron a vuelta de correo. Imagino que intentaron entregar el paquete y usted no estaba: jugarretas del destino...

Nagare volvió a meter los pañuelos en el sobre y se lo entregó. Ella miró el nombre del remitente y dejó escapar una lágrima que rodó por su mejilla.

—Muchísimas gracias.

—Qué regalo tan elegante —opinó Tae enjugándose los ojos con un pañuelo.

Tae y Nobuko se fueron caminando despacio, y Koishi y Nagare las siguieron con la mirada hasta que sus siluetas se fundieron en el paisaje.

De vuelta en el establecimiento, Koishi y Nagare recogieron el comedor y luego se pusieron a preparar la cena.

—Oye, papá, tú no habrás tenido una novia que se llamara Koishi, ¿verdad?

Nagare miró con severidad a su hija.

—No digas bobadas. Tu madre siempre ha sido la única mujer de mi vida. —Se volvió hacia el altar y preguntó sonriendo—: ¿Verdad, cariño?

—Mamá, no te dejes engañar, lo que pasa en la cabeza de los hombres no lo saben ni ellos.

—Si sigues diciendo esas cosas no te vas a casar nunca.

—No es que no pueda casarme, es que no quiero —repuso Koishi—. Todos los hombres son unos impresentables.

—Anda, calla y trae la cena de una vez, que tu madre está harta de esperar. Le encantaban el estofado de ternera y el buen vino.

—Pero ¿y ese vino? Tiene pinta de ser carísimo.

—Has acertado.

—¿De dónde sacaste el dinero?

—Hideji nos ha ingresado un dineral por su *nabeyaki-udon*.

—Me muero por probarlo. ¿Cómo se llama? Aunque dudo que lo conozca.

—Es un Château Mouton Rothschild cosecha mil novecientos cincuenta y ocho, el año de nacimiento de tu madre. El dibujo de la etiqueta es de Dalí. Es caro, pero más barato que el de la añada del cincuenta y nueve. Pero es un precio justo, más o menos el del ordenador que te compré hace poco.

—¿Qué? ¡¿Esta botella cuesta cien mil yenes?!

—Bueno, qué más da, tu madre y yo nunca nos permitimos el más mínimo lujo.

—A veces me descolocas con estos arranques.

—Además, hoy es el aniversario de su muerte, ¿lo has olvidado?

—Cómo me voy a olvidar. —Fue a buscar un ramo de flores y lo ofrendó en el altar—. Aquí tienes, mamá: rosas de Navidad, tus preferidas.

—Ya empieza a hacer frío —dijo Nagare mirando la calle por la ventana.

—Ojalá nevara, a mamá le encantaba la nieve —deseó Koishi.

Cerró los ojos y juntó las manos delante del altar.

III

Sushi de caballa

鯖寿司

1

Sentado en el asiento trasero de un taxi que había cogido en la estación de tren de Kioto, Tomomi Iwakura no dejaba de masajearse la barriga: seguía sin digerir el *bento* que había engullido en el tren bala durante una reunión de trabajo y ya iba camino de un restaurante. Echó de menos no haber llevado las pastillas que solía tomarse para el dolor de barriga.

Bajó del taxi en la calle Karasuma-dori, echó un vistazo a su alrededor, se quitó las gafas de montura negra y levantó la vista para contemplar los árboles de ginkgo que crecían frente al templo.

Vio las hojas teñidas de oro y se percató de que ya era otoño. Kioto lo avisaba de unos cambios de estación de los que ni siquiera se acordaba cuando estaba en Tokio.

El semáforo se puso en verde y él se caló las gafas y cruzó el paso de cebra con la cabeza ligeramente agachada. Una berlina negra que había ido siguiendo su taxi pasó a su lado y aparcó más adelante. Él la miró de soslayo, chasqueó la lengua y apretó el paso. «Me están vigilando», pensó.

Una anciana caminaba en sentido contrario ayudándose de su andador. Cuando se cruzaron, él se inclinó (ella era muy bajita) y le preguntó:

—Disculpe, señora, ¿conoce algún restaurante o taberna por aquí?

—Sí —respondió ella—, hay uno en la calle paralela. Se llama Daiya, ¿es el que busca?

—Me temo que no.

—En ese caso —repuso la anciana—, pregúntele a ese chico. —Señaló con el dedo la camioneta de reparto de una empresa de mensajería—. Los viejos ya no sabemos de restaurantes ni de tabernas.

Iwakura se dirigió a la camioneta estacionada al otro lado de la calle.

—Disculpe, ¿sabe si por aquí hay una taberna que se llama Kamogawa?

—¿Kamogawa? —El repartidor, vestido con un uniforme de rayas verticales azules, negó con la cabeza un par de veces sin dejar de acomodar cajas en la camioneta—. No me suena, ¿seguro que está por aquí?

Iwakura sacó una nota y se la mostró al tiempo que, con la otra mano, se mesaba la perilla.

—Tengo entendido que está en el lado este de la calle Higashi-notoin —explicó.

—Ah, sí, ahora caigo. Ya sé cuál dice. Es el segundo local del lado derecho. —Señaló con la barbilla sin soltar la caja de cartón que tenía en las manos—. Tiene la marca de un antiguo rótulo, ¿lo ve?

Él volvió la cabeza y vio un viejo local que parecía cualquier cosa menos un restaurante.

El repartidor sonrió fugazmente y se subió a la camioneta, él se guardó la nota en el bolsillo y se encaminó hacia el local. Cruzó la estrecha calle y se plantó delante.

Por fuera no parecía un negocio en activo. Dudó si entrar, pero terminó decidiéndose a abrir la puerta corredera de aluminio.

—Bienve... —empezó a decir la chica con chaqueta blanca de cocinero y delantal blanco que acababa de salir de lo que debía de ser la cocina, pero se quedó como paralizada; ni siquiera terminó la frase.

Ante su mirada de sorpresa, Iwakura tuvo la sensación de que quizá iba demasiado bien vestido para un lugar así.

—Quisiera comer algo, ¿hay servicio?

La chica se volvió hacia el interior de la cocina, como trasladándole la pregunta al cocinero, y respondió por fin:

—Únicamente podemos ofrecerle el menú del día. Si no le importa, adelante.

—Por mí, perfecto. Sólo le agradecería que no fuera mucha comida.

Suspirando, se dirigió a una mesa sobre cuyo tablero de formica había varias revistas y periódicos amontonados, lo que sugería que allí había habido otros clientes poco antes.

Se acomodó en la silla de tubo tapizada en rojo y miró a su alrededor. Contó cuatro mesas para cuatro comensales y cinco taburetes en la barra que separaba el comedor de la cocina, pero sólo dos clientes: un joven a una mesa y una mujer madura a la barra, ambos de espaldas a él. En la pared situada al lado de la puerta corrediza había un televisor y un altar sintoísta en sendos estantes instalados cerca del techo. Digamos que, pese a su sombría apariencia exterior, la taberna, por dentro, era un sitio de lo más normal.

Abrió un periódico y oyó que el joven sentado a una mesa se dirigía a la chica con chaqueta blanca de cocinero y delantal blanco.

—Koishi, ¿me pones mi té?

—Perdona, Hiro, se me había olvidado —respondió ella con voz zalamera, y corrió a la mesa con una tetera.

A Iwakura, el nombre de Koishi le pareció perfecto para esa chica más bien bajita y de cara redonda. No sabía con qué ideogramas se escribiría en realidad, pero atendiendo a los sonidos podían ser *ko*, «pequeña», e *ishi*, «piedra». En suma, un guijarro pequeñito y redondo, como el rostro de la tal Koishi.

—Hoy el curry estaba más picante que otros días; extrapicante, diría yo —comentó el joven llamado Hiro mientras se enjugaba el sudor de la frente con un pañuelo blanco—. ¿Tu padre ha cambiado la receta?

—No sabría decirte —le respondió la chica llamada Koishi—, pero ya sabes que es muy temperamental con los condimentos. Quizá hoy se sentía «muy picante».

Al parecer, el cocinero era el padre de ella. «Deben de llevar la taberna entre los dos», pensó Iwakura. Todo indicaba que el menú del día era curry.

Koishi se acercó a la mujer de la barra portando una pequeña bandeja.

—Aquí tiene el postr... ¡ay! Quería decir la *mizugashi*.

—Bien dicho, en una comida occidental éste sería el postre —explicó la mujer, que iba con kimono—, pero tratándose de comida japonesa lo apropiado es hablar de *mizugashi*. —Luego señaló los platillos y cuencos vacíos que tenía delante y le pidió a Koishi—: Retira esto, por favor. Me apetece muchísimo el té *matcha* y quiero tomármelo a mis anchas.

—Eso iba a hacer —refunfuñó ella; retiró la bandeja y pasó la bayeta por la barra—. Veo que no ha dejado ni un grano de arroz: mi padre se alegrará mucho.

La mujer se inclinó sobre la barra y gritó hacia la cocina:

—¡Estaba todo muy bueno, como siempre, señor Nagare!

—Muchas gracias, señora Tae —contestó el tal Nagare asomándose a la entrada de la cocina—. Me alegro de que le haya gustado.

«La mujer madura ha dicho bien claro "comida japonesa": eso significa que no ha comido el curry extrapicante», pensó Iwakura. Parapetado tras el periódico abierto, miró furtivamente hacia la barra y vio que la tal señora Tae tenía delante una taza de té y un plato de fruta.

—Aunque —continuó la mujer madura dirigiéndose al cocinero— debo decirle que las setas *matsutake* sobraban en la sopa cuajada de huevo. Seguro que son de Tanba, pero aun así tienen un sabor tan intenso que no permiten paladear el huevo. Lo mejor es, como suele decirse, «ni tanto ni tan calvo»: en ese plato bastan el delicado sabor del caldo de pescado, un poco de bulbo de lirio, pastel de pescado y *shiitake* —sentenció la mujer, que seguía inclinada sobre la barra.

—Está claro que no se le escapa una —dijo el cocinero con el gorro blanco en la mano y una sonrisa de resignación—. De ahora en adelante tendré más cuidado.

Por toda respuesta, la señora Tae sacó la cartera y le preguntó a la chica:

—¿Lo de siempre?

—Sí, ocho mil yenes, por favor —confirmó ella sin mover un músculo de la cara.

—Aquí tienes —dijo la mujer madura entregándole un billete de diez mil yenes, y se dirigió a la salida sin esperar el cambio.

Iwakura vio que era más alta de lo que le había parecido cuando estaba sentada, y observó que la faja ancha del kimono, que tenía bordados el río Tatsuta y unos arces otoñales, le sentaba de maravilla.

El cocinero llamado Nagare le llevó la comida en una bandeja de aluminio.

—Disculpe la espera.

—¿Éste es el menú del día? —preguntó él parpadeando atónito ante los platos.

—Sí. No tenemos una carta como tal, de modo que a los nuevos clientes les ofrecemos el *omakase*: yo mismo selecciono lo mejor que tengo en la cocina. Así, si nos hacen el honor de volver, pueden pedir el plato que más les haya gustado. Pero adelante, disfrute —concluyó Nagare; hizo una pequeña reverencia y echó a andar hacia la cocina con la bandeja vacía en las manos.

—Disculpe —balbuceó Iwakura. Nagare se detuvo y se volvió hacia él.

—Dígame.

—Ésta es la taberna Kamogawa, ¿verdad?

—Sí, supongo que podría llamarse así.

—Pero, ¿y la agencia de detectives?

—Ah, venía a la agencia. ¡Haberlo dicho desde un principio! —repuso el otro, y se dispuso a recoger los platos, pero Iwakura se apresuró a detenerlo.

—No, por favor, no se los lleve. Primero voy a comer —aseguró cogiendo los palillos—, pero después me gustaría consultarles algo.

Nagare presentó los platos señalándolos uno a uno con el dedo.

El menú incluía tallos de mostaza, tofu frito, guiso de arenque y berenjena, nabos marinados en salmuera ligera, una tortilla de alevines de sardinas secos, caballa en vinagre, pecíolos del taro con aliño de sésamo, palometa asada...

Iwakura se dio cuenta de que todo estaba recién hecho y de que la sopa de miso llevaba cebolla y patata. Cuando Nagare se retiró, juntó las manos con discreción. Luego cogió el cuenco de arroz de cerámica Kiyomizu-yaki con la mano izquierda y empuñó los palillos con la derecha.

Puede que fuera su primera visita a la taberna, pero los platos le resultaban familiares y le despertaban un sentimiento de nostalgia. Se olvidó de que no tenía hambre y empezó por la tortilla de alevines.

Llevarse la tortilla a la boca y cerrar los ojos fue todo uno: el sabor algo amargo del pescado se mezcló de maravilla con el dulzor del huevo. Saltándose toda etiqueta, Iwakura se inclinó hacia delante para olfatear el aroma del aceite de sésamo, que lo transportaba al pasado. Luego se puso a pasear los palillos por encima de los platos, indeciso, hasta que los dejó caer sobre un arenque cuya carne tierna se desmenuzó con sólo pinzarla. Comió un poco del encurtido *asazuke* de rábano y después levantó el cuenco de la sopa de miso. Desde pequeño había estado convencido de que la cebolla y la patata eran los mejores ingredientes de una buena sopa de miso y, en este caso en particular, además, la concentración de miso era perfecta.

Fue despachando un plato tras otro hasta que, de repente, se encontró con que el cuenco de arroz estaba vacío. Koishi, que lo observaba comer, no pudo evitar sonreír.

—¿Quiere un poco más de arroz? —le preguntó acercándole una bandeja para poner el cuenco—. Puede repetir las veces que quiera.

—Muchas gracias —respondió él tapando el cuenco de arroz vacío con la mano y limpiándose los labios con la servilleta—. Me encantaría comer más, pero creo que lo voy a dejar aquí.

Sentía el estómago a punto de reventar.

—Parece que le ha gustado. Me alegro mucho —dijo Koishi sirviéndole té.

Nagare llegó de la cocina para retirar los platos.

—Este caballero es cliente suyo, señora directora —le comentó a su hija—. Adelántate. En cuanto se tome un respiro lo acompaño a la oficina.

«Así que la detective es la chica, no el cocinero», pensó Iwakura con cierta sorpresa.

—Pero ¿venía a la agencia? —preguntó Koishi mientras pasaba la bayeta por la mesa—. ¡Haberlo dicho desde un principio!

No cabía duda de que eran padre e hija: decían lo mismo y en el mismo tono.

Dio un sorbo de té y preguntó dirigiéndose a Koishi:

—Entonces, ¿eres tú la que me va a ayudar a encontrar el plato que estoy buscando?

—Para serle sincera —repuso ella inclinándose sobre la mesa hasta quedar cara a cara—, quien hace la búsqueda es mi padre; yo soy como una ventanilla de admisión o, si quiere, una especie de intérprete. No quiero sonar grosera, pero la gente que viene a pedirnos que le busquemos un sabor o un plato suele ser bastante peculiar y a mi padre muchas veces le cuesta entenderla. Por eso me encargo de escuchar primero a los clientes y de organizar la información para que mi padre pueda entenderla y...

Nagare se asomó desde la cocina y gritó:

—¡Ya está bien, Koishi!

El comensal llamado Hiro dejó de mirar su móvil, se levantó y dijo en dirección a la cocina:

—Estaba todo muy bueno, muchas gracias, señor Nagare. Creo que el curry está más rico así de picante.

—Muchas gracias —respondió el cocinero con una sonrisa—. Me alegra oírlo de un gourmet como tú, Hiro.

—No soy ningún gourmet, sino un simple glotón, se lo digo siempre —replicó el joven estampando una moneda de quinientos yenes en la mesa con un sonido seco. Luego abrió la puerta corredera de aluminio.

—¡Mucho cuidado, Hirune! —gritó Koishi—. Como vuelvas a entrar, mi padre te sacará a patadas.

Le hablaba al gato que estaba en la entrada y que se había puesto a juguetear a los pies de Hiro.

—Hazle caso, Hirune —dijo Hiro acariciándole la cabecita—. Más vale tener cuidado con el señor Nagare.

Koishi se apresuró a acercarse a la puerta y volvió a gritar, esta vez con voz apenada:

—¡Recuerda que mañana cerramos, tendrás que comer en otro sitio!

Hiro, que se encaminaba en dirección este, acusó recibo levantando el brazo y agitando la mano sin mirar atrás.

Iwakura era el único cliente que quedaba en la taberna. Cuando Koishi desapareció por el fondo del establecimiento, se hizo un silencio total. Entonces el móvil que llevaba en el bolsillo vibró con un mensaje. Decía: «Le queda media hora.»

Iwakura lanzó un suspiro.

Nagare salió de la cocina y le pidió que se acercara con un gesto de la mano.

—¿Lo acompaño a la oficina?

—¿La agencia de detectives está en la parte de atrás?

—No es una agencia de detectives propiamente dicha, no se vaya a creer, es más bien una consultoría de asuntos diversos. Comprenderá que, en los tiempos que corren, no es fácil sobrevivir con las ganancias de una sencilla taberna.

Abrió la puerta al fondo, a la izquierda de la barra, y se adentró por un estrecho pasillo con las paredes repletas de fotografías de distintos platos.

—¿Ha preparado todos estos platos?

Nagare volvió la cabeza y respondió sonriendo:

—La gran mayoría. No son nada del otro mundo, pero me gusta cocinar y comer.

—Éste no será ese plato chino... —dijo Iwakura señalando una fotografía que colgaba a media altura en la pared izquierda.

Nagare se detuvo para explicar:

—En efecto, es un «Buda saltando sobre una pared», un caldo cuyo delicioso aroma incita incluso a los monjes más espirituales a saltar el muro del templo para ir a probarlo.

—Tengo entendido que sólo reunir los ingredientes ya resulta muy difícil. ¿Lo preparó aquí? ¿Para quién? —preguntó Iwakura.

—Se lo preparé a mi mujer —contestó Nagare esbozando una sonrisa melancólica—. Oí que era bueno contra todo tipo de enfermedades y no me lo pensé dos veces. Por desgracia no surtió efecto, pero ella no paró de repetir que estaba buenísimo, así que, al margen de sus supuestas propiedades curativas, creo que me quedó bastante bien.

—Abrió una puerta y añadió—: Pase por aquí, por favor.

Iwakura hizo una reverencia y entró en el despacho, una habitación de unos diez metros cuadrados decorada al estilo occidental, con dos sofás colocados frente a frente con una mesa baja entre ellos.

Koishi se había puesto un traje negro de chaqueta y estaba sentada en el sofá del fondo. Iwakura se sentó frente a ella.

—Soy Koishi Kamogawa, encantada —se presentó—. Antes de comenzar, ¿le importaría cumplimentar este formulario con su nombre y apellido, domicilio, edad, fecha de nacimiento, datos de contacto y profesión? —dijo poniendo una carpeta gris en la mesa.

Iwakura cogió el bolígrafo, la miró a los ojos y preguntó:

—¿Tengo que daros toda esta información?

—No se preocupe, somos muy escrupulosos a la hora de manejar los datos personales y respetamos al máximo la confidencialidad, pero si hay algo que prefiera mantener en secreto, puede dejar en blanco el apartado en cuestión —respondió Koishi con voz monótona—. Puede utilizar un nombre ficticio, por ejemplo. Eso sí, asegúrese de consignar bien sus datos de contacto.

Tras pensarlo unos instantes Iwakura se inventó el nombre de Taro Yamada, escribió una dirección ficticia y puso que era funcionario, pero anotó su verdadera edad (cincuenta y ocho años) y su número personal de móvil.

—Muy bien, señor Taro Yamada, empecemos entonces —propuso Koishi—. ¿Qué plato quiere que le ayudemos a buscar?

—Un sushi de caballa.

Ella anotó ese dato en el cuaderno.

—¿Y cómo es ese sushi de caballa? ¿Refinado como el del famoso restaurante Izuu de Kioto, o más sencillo, como el del Hanaori?

—¡Qué va! No es como el de ninguno de esos restaurantes famosos, es uno que comí de niño.

Se quitó las gafas y puso la cara de quien rememora un pasado lejano.

Koishi se inclinó hacia delante y lo miró con ojos escrutadores.

—Señor Yamada. No sé por qué, pero me parece muy conocido. ¿No nos hemos visto antes?

—No, que yo sepa —repuso Iwakura apartando la mirada y volviéndose a calar las gafas.

—Bueno, es igual. ¿Qué recuerda de ese sushi?

—Mire, le estoy hablando de algo que comí hace más de cincuenta años, así que mis recuerdos son vagos —empezó a decir Iwakura despacio, como quien avanza a tientas por los recovecos de su memoria. Luego contó que su casa natal estaba en Mushakoji-cho, al oeste del Palacio Imperial de Kioto, a unos cinco kilómetros del restaurante—. Mi padre —añadió— siempre estaba trabajando en Tokio. No recuerdo haberlo visto nunca en casa, así que comíamos solos mi madre, mi hermana menor y yo, y todo era bastante triste y silencioso. —Frunció el ceño, como sintiendo la punzada de un recuerdo infeliz—. Pero el sushi en cuestión no lo probé en casa.

—Entonces ¿dónde? —preguntó Koishi bajando un poco el tono de voz.

—En un hotel tradicional *ryokan* que se llamaba Kuwano y estaba en el vecindario.

—En un *ryokan* —repitió Koishi registrando el dato en el cuaderno—. Eso significa que lo preparó un cocinero profesional.

—No exactamente —dijo Iwakura—; aunque lo comí en ese alojamiento, me parece que no era el que les servían a los clientes.

—Ha dicho «hace cincuenta años», ¿verdad? Eso quiere decir que usted tendría apenas ocho años. No pongo en duda su buen criterio, incluso a esa edad, pero ¿no era demasiado pequeño para distinguir la calidad del sushi? —Koishi receló.

—Mire, puede que les sirvieran el mismo sushi a los clientes del hotel, pero el que yo comí era totalmente casero, se lo aseguro —repuso Iwakura hinchando un poco el pecho.

—Mmm... no estoy segura de estar entendiéndolo —dijo Koishi con una sonrisa forzada.

—Una parte de aquel hotel era la vivienda de la dueña, que me dejaba jugar en su jardín y en el porche de madera que bordeaba el edificio, y que todos los días, después de las tres, me convidaba a una pequeña merienda. Nunca me daba golosinas ni dulces, sino batata asada, arroz *sekihan* con judías rojas y cosas por el estilo, que servían para reponer fuerzas. El caso es que uno de aquellos refrigerios, que recuerdo especialmente, fue el sushi de caballa del que estamos hablando.

—Cuénteme detalles concretos de ese sushi —dijo Koishi, toda oídos, aferrando el bolígrafo.

—Lo primero que me viene a la mente cada vez que pienso en aquel sushi es la palabra «felicidad», pero seguro que eso es demasiado abstracto. Sí, recuerdo que el arroz era de color amarillo.

—Arroz de color amarillo, de acuerdo. ¿Algo más?

—Tengo la impresión de que no era tan dulce como en el sushi de hoy en día, sino más ácido, como si llevara limón —recordó—. Ah, sí, y otro detalle: la dueña del *ryokan* decía que la clave del sabor de su sushi era «el toque de Okinawa».

—¿«El toque de Okinawa»? —preguntó Koishi ladeando la cabeza—. No veo qué puede tener que ver Okinawa con el sabor de aquel sushi.

El escepticismo de la chica pareció desalentar un poco a Iwakura.

—Insisto en que eso sucedió hace cincuenta años: no descarto que sea un falso recuerdo.

—¿Recuerda si la dueña era de Okinawa?

—No, pero sí que la oí varias veces hablar de un arco *torii* viviente. —Levantó la cara como si estuviera mirando el techo—. Exacto, ¡un arco que estaba cerca de su casa!

—¿Un *torii* viviente? Qué raro, no sabía que existiera una leyenda así en Okinawa. Cada vez entiendo menos —comentó Koishi suspirando mientras intentaba dibujar el famoso arco o algo parecido.

—Eso es más o menos todo lo que recuerdo —dijo Iwakura.

Echó un vistazo a la ilustración de Koishi y se recostó en el sillón.

—Creo que lo he anotado todo —dijo ella pasando las páginas del cuaderno. Luego ladeó la cabeza con gesto de preocupación y añadió—: Aunque no sé si mi padre será capaz de hacer algo con unos recuerdos tan vagos...

—Confío en vosotros —repuso Iwakura incorporándose como para ponerse de pie.

—La verdad, me temo que reproducir ese sushi a partir de lo que me ha contado va a ser casi imposible —advirtió Koishi—. ¿Se conformaría con probar una buena aproximación?

Iwakura asintió con la cabeza, pero no parecía muy convencido.

—Primero, tendremos que localizar a la dueña del *ryokan* y después encontrar los ingredientes y reproducir la sazón. —Cerró el cuaderno y levantó la vista—. ¿Podría darnos dos semanas? Supongo que algo tendremos para entonces.

—¿Dos semanas? ¡No puedo esperar tanto! —aseguró Iwakura mirándola con atención—. ¿No os bastan siete días? Me gustaría volver la semana que viene.

—¿Es una cuestión de urgencia, entonces? ¿Hay alguna razón por la que tenga que ser para dentro de una semana?

Iwakura visualizó mentalmente su agenda repleta de compromisos: si no aprovechaba el viaje a Kioto previsto para la semana siguiente, quizá no podría regresar en mucho tiempo.

—¿De veras tengo que explicártelo?

—No, no es necesario —respondió Koishi intimidada por los ojos entrecerrados de Iwakura tras los cristales de sus gafas—, era simple curiosidad.

—Entonces espero noticias.

Iwakura apoyó las manos en la mesa e hizo una discreta reverencia.

—Todo depende de mi padre. Le diré que se esfuerce tanto como pueda.

—Muchas gracias.

—Perdone, señor Yamamoto, no quiero parecer impertinente, pero es usted una persona muy peculiar. Por lo que me ha contado, no creo que ese sushi que busca tuviera nada de especial. Me sorprende que lo añore tantísimo, cuando no hay nada más fácil que comer un sushi exquisito aquí en Kioto.

—Eso te parece a ti porque eres joven —observó él con una sonrisa teñida de cierta amargura—. De joven, uno sólo se rinde ante los manjares, pero cuando envejece lo que lo atrae de verdad es el sabor que el recuerdo añade a los platos. Por eso quiero volver a probar aquel sushi de caballa que tan feliz me hizo en su día. Por cierto, no me llamo Yamamoto, sino Yamada.

—Perdone, señor Yamada —repuso Koishi—, pero ya no soy tan joven: hace tiempo que pasé de los treinta. En fin, ¿no podría darnos al menos un día más, hasta el miércoles de la semana que viene? Cerramos la taberna los miércoles, así que nos vendría mejor.

Iwakura se había permitido un insólito día de descanso para ir al restaurante, pero la semana siguiente iría en un viaje oficial y tendría poquísimo tiempo libre, aunque, apurando el día al máximo, quizá pudiera disponer de una hora.

—De acuerdo, nos veremos el miércoles de la semana próxima. Vendré alrededor del mediodía. Eso sí, si crees que no llegaréis a tiempo, avísame con la mayor anticipación posible.

—Mi padre tiene un sexto sentido para saber si un caso es viable o no —respondió Koishi con ojos de astucia—. Si es imposible, lo avisaré enseguida.

Él sacó la cartera.

—Dime cuánto es, por favor; incluyendo la comida.

—Ya nos pagará por la investigación la semana que viene, si se salda con un éxito —le dijo—. Por la comida son mil yenes.

—¿Mil yenes por esa maravilla? Me siento mal pagándoos sólo eso —repuso dándole un billete de mil yenes.

—¿Necesita factura?

—No, no hace falta; bueno, sí —se desdijo—, prepárame una a nombre de Taro Yamada, si puede ser —agregó en tono jovial—. Será un bonito recuerdo.

—¿Le pido un taxi? —le preguntó Koishi tras extenderle la factura—. No es fácil encontrar uno libre por el barrio.

—No te preocupes, me iré dando un paseo.

Koishi lo acompañó por el estrecho pasillo de vuelta a la sala. Cuando llegaron, Nagare comía curry en la barra mientras leía el periódico con gesto grave.

Al ver a Iwakura, dejó la cuchara y plegó el periódico.

—Tranquilo, siga comiendo —dijo Iwakura con amabilidad, pero alcanzó a ver los titulares del diario y se puso tenso.

Nagare se bebió un vaso de agua de un trago.

—¿Todo bien? —le preguntó finalmente a Koishi.

—Sí, lo he apuntado todo. Es tu turno —repuso dándole una palmada en el brazo a su padre. El golpe resonó por todo el local.

—Mide tus fuerzas, hija —pidió el padre con una mueca de dolor mientras se frotaba el brazo.

—Entonces, hasta el miércoles que viene —se despidió Iwakura—. Muchas gracias.

Sonrió mínimamente, se inclinó con parsimonia y salió del restaurante.

—Muchas gracias a usted. Lo esperamos el miércoles que viene —repuso Koishi.

Padre e hija hicieron una reverencia.

—Pero ¡¿qué le has dicho?! ¿Cómo que «el miércoles que viene»? —reprochó Nagare nada más levantar la cabeza, mirando a su hija con reprobación—. ¡Te tengo dicho que para resolver los casos necesito dos semanas como mínimo!

—Tienes razón, pero el señor Yamada insistió. ¿No dices siempre que un detective debe complacer a sus clientes? ¡Es el primer ministro!

—¡Ya lo sé! Pero de todos modos... Menuda bocazas estás hecha —se quejó—. En fin, lo dicho, dicho está. A ver, ¿qué plato busca? ¿Te pareció un caso tan sencillo como para poder resolverlo en una semana?

Le arrebató el cuaderno con un movimiento rápido.

—Estoy segura de que para ti es fácil. Con tres días tendrás más que suficiente, ¿a que sí? —dijo Koishi, y le dio otra palmada, esta vez en la espalda, que sonó más fuerte que la anterior.

Nagare frunció el ceño.

—No tengo ni idea de cómo preparar un sushi de caballa como éste —rezongó con la vista clavada en el cuaderno.

—Es la oportunidad perfecta para que te luzcas, papá. Confío en ti, así que ánimo. Por cierto, creo que voy a probar el curry. Me pregunto cómo será ese sabor que le ha gustado tanto a Hiro —dijo, y se marchó a la cocina dando saltitos.

Sentado a una mesa, Nagare fue pasando las páginas del cuaderno con expresión cada vez más sombría.

—¡Este curry está de escándalo! —gritó Koishi asomando el rostro sonriente desde la cocina.

Su padre continuaba absorto siguiendo con un dedo las anotaciones en el cuaderno.

—«Arroz amarillo», «limón», «Okinawa», «Ryokan Kuwano», «*torii* vivo»... así que éstas son las pistas más importantes —masculló—; es un caso difícil donde los haya.

Cerró el cuaderno, se cruzó de brazos y miró al techo.

—Tranquilo, esto es coser y cantar para ti. Ya verás como lo resuelves enseguida —oyó decir a Koishi desde la cocina mientras fregaba platos—. Oye, y cambiando de tema: ¿por qué antes estabas tan serio leyendo el periódico? ¿Ha pasado algo?

—Dicen que dentro de diez días aprobarán una ley de subida del IVA, cuando todo el mundo está ya con la soga al cuello. Una subida más y los negocios empezarán a cerrar por todo Japón.

Lanzó el periódico encima de la mesa mientras guardaba los platos en el aparador.

—Es verdad. El primer ministro salió elegido porque decía cosas sensatas. Parecía tener las ideas claras, pero ahora parece perdido. Quién te ha visto y quién te ve.

—Sólo está en política por el padre. Da la impresión de que va adonde lo lleve el viento. Sin embargo, aún confío en que cumpla su palabra —comentó Nagare mirando la fotografía del periódico como si intentara interpretar la mirada del primer ministro—. Prometió «ser firme y decidido», espero que no lo olvide.

—Pase lo que pase, a nosotros nos toca seguir trabajando —dijo Koishi quitándose el delantal—. Me voy al banco.

—Pues sí. No tiene sentido que siga aquí parado dándole vueltas al asunto, así que me voy a Mushakoji-cho, a ver qué averiguo. Sólo tenemos una semana, no hay tiempo que perder. A lo mejor me entero de algo acerca de ese *ryokan*.

Nagare también se quitó el delantal y lo colgó en el respaldo de una silla.

—Suerte, papá. Volverás por la noche, ¿no? Me encantaría cenar sushi.

—No reparamos en gastos, ¿eh? Aunque me da que lo que quieres, en el fondo, es ir a ver a Hiro...

—Qué listo eres, papá.

—Anda, anda; deja de hacerme la pelota, que nos has metido en un buen lío. Pero no te voy a invitar, ¿eh? —la advirtió—. Esta noche pagamos a escote.

—¡Qué rata! Bah, es igual. Con poder probar el sushi de Hiro me doy por satisfecha —dijo Koishi con los pómulos sonrosados.

2

En pleno otoño, con las hojas de los arces del todo rojas, Kioto rebosa de turistas. Un gentío iba y venía entre la calle Shomen-dori, donde se ubicaba la taberna, el templo Higashi Hongan-ji y el jardín Kikoku-tei, también llamado Shosei-en, una zona por lo común mucho más tranquila.

—Me pregunto si vendrá el señor Yamada, tal como acordamos —murmuró Koishi en cuclillas delante de la puerta, acariciándole el lomo a Hirune.

—Le recordaste la cita, ¿verdad? —preguntó Nagare con gesto nervioso y oteando la multitud.

Ambos llevaban chaquetas de cocinero blancas y delantales del mismo color.

—Claro que sí, pero me dijo que llegaría un poco más tarde que el otro día. Debe de estar muy ocupado.

—Ya es la una, y la semana pasada llegó a mediodía —le comentó Nagare, y espantó a Hirune, que se había puesto a juguetear a sus pies.

—¿No será ése, el que acaba de bajar del taxi?

Koishi, que se había puesto de pie, señalaba con el dedo hacia el templo Higashi Hongan-ji.

Iwakura, vestido con un traje azul oscuro, avanzaba hacia ellos caminando apresuradamente.

—Disculpen el retraso —se excusó al llegar—. ¿Han estado esperándome aquí fuera?

—Qué va, sólo estábamos tomando un poco el sol con el gato —respondió el cocinero, y deslizó la puerta corredera—. Pase, por favor.

Iwakura hizo una reverencia al entrar.

—También les pido disculpas por las prisas en resolver este asunto.

—Tiene que volver al trabajo, ¿verdad? Venga por aquí y siéntese. Empezaremos de inmediato —dijo Koishi, y lo acompañó a una mesa. El primer ministro llevaba un traje mucho más formal que la semana anterior. Era evidente que se había escabullido del trabajo para acudir al restaurante.

Nagare ya lo esperaba sentado a una de las mesas con tablero de formica. Koishi se fue a la cocina.

—¿Cómo ha ido? ¿Ha conseguido la información que necesitaba para reproducir el sushi de caballa? —preguntó Iwakura dando un suspiro.

—¿Cree que lo habríamos hecho venir si no fuera así? —repuso el otro con un mohín socarrón.

—Se lo agradezco mucho.

—No se precipite: aún es pronto para darnos las gracias. Creo que he conseguido preparar el plato que usted buscaba, pero puedo haberme equivocado. En ese caso, me tocará pedirle disculpas.

—Lo tengo asumido —dijo Iwakura mirándolo con atención.

Nagare volvió la cabeza hacia la cocina y le gritó a su hija:

—¡Koishi, corta el segundo por la derecha! ¡Que el grosor de cada rodaja sea de dos centímetros!

«Tas, tas, tas», resonó el cuchillo desde la cocina, golpeando la tabla de cortar al partir el rollo de sushi.

Koishi llegó con una bandeja negra lacada. Había dispuesto las rodajas en un plato alargado de porcelana antigua de Imari.

—Tenemos sake, si quiere, pero supongo que prefiere té —le dijo Koishi.

—Tomaré té, son horas de trabajo —repuso Iwakura, y enseguida se concentró en el plato.

Nagare se enderezó en el asiento y alargó la mano invitándolo a comer.

—Adelante, disfrute.

Iwakura juntó las manos y, conteniendo a duras penas las ansias, se introdujo en la boca una rodaja de sushi de caballa. Nagare y Koishi lo miraron atentos.

Él saboreó con cuidado el sushi, masticando despacio y moviendo ostensiblemente la mandíbula.

Transcurrieron unos instantes en silencio.

—¡Es éste, estoy del todo seguro! —afirmó por fin Iwakura—. ¡Éste es el sushi de caballa que estaba buscando!

Cogió otra rodaja y se la llevó a la boca. Tenía los ojos húmedos.

—¡Viva! —exclamó Koishi dejándose llevar por la emoción, y se puso a aplaudir.

—El color, el gusto fresco, la consistencia... ¡Es tan perfecto que parece magia! —declaró el primer ministro emocionado—. ¿Cómo ha podido reproducir con esta precisión un sushi que comí hace medio siglo? Explíquemelo, por favor, quiero conocer todos los detalles.

Dejó los palillos en la mesa y se enderezó para escuchar a Nagare.

—Comencé revisando punto por punto lo que usted le contó a Koishi la semana pasada, y me pareció que «*ryokan* Kuwano», «*torii* vivo», «arroz amarillo» y «Okinawa» eran las cuatro ideas clave, así que me fui a Mushakoji-cho, en el barrio de Kamigyo, donde se alzaba aquel alojamiento. Por supuesto, ya no queda ni rastro, pero preguntando a los vecinos averigüé que Kuwano es un topónimo, no un apellido. Por desgracia, es un topónimo muy común en todo Japón, de modo que esa pista por sí sola tenía poco recorrido. —Dio un sorbo de té y tomó aire antes de continuar—. El caso es que en donde se ubicaba ese *ryokan* han construido un edificio de viviendas en cuyo jardín se eleva aún un árbol *tosamizuki* que, como me confirmaron los vecinos, ya estaba allí hace cincuenta años. Aquello me hizo pensar que la dueña podía ser de Tosa, y me sonaba haber oído hablar de un lugar llamado Kuwano por aquella zona. Investigué y di con un lugar llamado Kuwanokawa en Nankoku, prefectura de Kochi: había encontrado la conexión entre Tosa y Kuwano, ¡tocaba viajar allí!

Nagare e Iwakura intercambiaron sonrisas.

—Es que a mi padre le gusta comprobar las cosas en persona, ¿verdad, papá? —apostrofó Koishi con una mezcla de orgullo y admiración.

Nagare continuó:

—Me tomé un día libre en el restaurante y viajé a Kuwanokawa en busca del «*torii* vivo». Me bastó preguntar a los locales para que me dirigieran al santuario sintoísta del lugar, cuyo arco de entrada es el «*torii* vivo». ¿Cómo se imaginaba usted ese *torii*?

—Hombre, pues en aquel entonces aún era un niño de ocho años, así que me imaginaba a una especie de gigante encantado que se movía de noche haciendo un ruido terrorífico —respondió Iwakura con total sinceridad.

—Más o menos como yo —reconoció Nagare—, pero el arco en cuestión no tiene que ver con ningún gigante, aunque es bastante extraño.

Le mostró una fotografía tomada con una cámara digital.

—¿Esto es un *torii*? —preguntó sorprendido Iwakura, que se había quitado las gafas para observar la imagen—. Son los troncos de dos cedros, ¿no?

—Así es, son dos troncos unidos para parecerse a un arco *torii* al que llaman el *Torii* de Cedro de Kuwanokawa. Todo el mundo lo conoce. Es un «*torii* vivo» porque está formado por dos árboles vivos, no talados, y está claro que era al que se refería la dueña del *ryokan*. Pero espere, porque después, cuando hablé con el religioso a cargo del santuario, me llevé otra grata sorpresa.

—Mi padre cuenta las cosas de un modo muy interesante, ¿no cree? —volvió a intervenir Koishi mientras le servía té al primer ministro.

—Aquel buen hombre —continuó Nagare— se acordaba de que una mujer de la zona había regentado un *ryokan* en Kioto. Al parecer, era de un poblado llamado Tosayama-nishikawa. ¿Le suena el nombre Haruko Taira? —preguntó Nagare mirando a Iwakura.

—Ahora que lo dice —dijo éste asintiendo muy despacio con la cabeza—, podría ser que el personal del establecimiento la llamara señora Haruko.

—La señora Haruko falleció hace mucho, tras cerrar el *ryokan* y regresar a su pueblo, pero encontré a otra mujer que había aprendido directamente de ella la receta del sushi de caballa: fue ella quien me dio la receta con todo detalle. La manera de marinar el arroz con vinagre es típica de Tosa, y he utilizado pescado de Wakasa porque era el más común por aquí en aquel entonces.

—Así que la señora Haruko era de Tosa —comentó Iwakura—. Yo pensaba que era de Okinawa o de Kioto.

Se quitó un grano de arroz que tenía atrapado en el bigote y se lanzó a por otra rodaja.

—En Tosa existe una variante de sushi que se llama *inaka-zushi* —explicó Nagare—, cuyo arroz se aromatiza con un *yuzu* autóctono. El color amarillo es consecuencia de la mezcla del vinagre con el jugo de ese *yuzu*. Tiene un aroma muy particular y agradable, distinto al del limón.

Koishi, sentada al lado de su padre, husmeó tratando de percibir el olor.

—¿Y esto? —inquirió Iwakura al notar que había una verdura entre la loncha de pescado y el arroz—. Parecen láminas de berenjena.

—No lo supe hasta el final, pero ese trozo de verdura explica que usted recordara a la señora Haruko hablando de Okinawa, aunque lo más seguro es que dijera «*ryukyu*», que es como llaman en Tosa al tallo del taro indio que suelen ponerle al sushi de caballa cortándolo en láminas finas del mismo tamaño que el rollo de pescado, tal como en Kioto solemos ponerle algas *kombu*. Como Okinawa es una de las islas Ryukyu, su mente debió de establecer esa relación. Recordaba la textura del *ryukyu*, ¿verdad?

—O sea que el «toque de Okinawa» era esto —dijo Iwakura cogiendo una lámina de *ryukyu* y mirándola con nostalgia.

—No pretendo importunarlo con mis preguntas, pero ¿por qué añoraba tanto el sushi de caballa de aquel *ryokan*? —preguntó Nagare con delicadeza.

—El ambiente de mi casa era triste. Mi padre casi nunca estaba y mi madre estaba siempre muy ocupada. Si le digo la verdad, apenas recuerdo haber sentido lo que llaman «calor humano». En cambio, la dueña era una mujer muy cariñosa y, cuando me veía mustio delante de casa, me invitaba a jugar en el *ryokan*.

Los ojos de Iwakura brillaron recordando el pasado.

—Entiendo —dijo Nagare.

—Por cierto, me acabo de acordar de una cosa. Cada vez que comía sushi de caballa ella me preguntaba: «¿A que está rico?», a lo que yo respondía que sí, pero en cuanto me metía en la boca la siguiente rodaja, ella volvía a preguntarme: «¿A que está rico?» Como me cargaba que insistiera tanto, una vez le respondí que me dejara en paz, que ya se lo había dicho muchas veces. Entonces...

—Ella se enfadó —anticipó Koishi inclinándose sobre la mesa.

—Me contestó con una cara que me dio miedo. «Lo dirás tantas veces como haga falta: la boca no se desgasta.» Me impresionó mucho, entre otras cosas porque mis padres nunca me habían echado la bronca por nada. —Alzó la mirada al techo evocando la escena—. «Nos acostumbramos rápido a las cosas. Lo que nos impresiona la primera vez pronto se nos vuelve anodino, pero es importante no olvidar la emoción de la primera vez.» Creo que agregó algo así. —Contempló meditabundo el sushi y añadió—: El sabor de este sushi me ha despertado muchísimos recuerdos.

—¿Recuerda una muletilla de la señora Haruko? La mujer que me dio la receta me contó que solía repetir cierta expresión con mucha frecuencia.

—A ver, es que todo esto sucedió hace cincuenta años —respondió Iwakura, pero procuró hacer memoria hasta que el móvil que llevaba en el bolsillo de la pechera se puso a vibrar.

—Uf, me había olvidado de que tenía usted prisa —dijo Nagare—. Koishi, ponle el sushi para llevar.

—Voy —respondió Koishi, y añadió dirigiéndose a Iwakura—: ¿Hoy tampoco va a querer que le llame a un taxi?

Iwakura negó con la cabeza, y ella se dirigió con paso rápido a la cocina.

—Siento no haber dejado de meterles prisa.

—No se preocupe. Nos alegramos de haber encontrado lo que buscaba —dijo Nagare lanzando un suspiro de alivio.

—Fue una suerte encontrarme con su anuncio en la revista *Ryori-Shunju* —señaló Iwakura sonriendo.

—Lo curioso es que, como ese anuncio sólo dice «Taberna Kamogawa, Agencia de Detectives Kamogawa, investigaciones gastronómicas», y no figuran la dirección ni los datos de contacto, la gente suele buscarnos cerca de Kamogawa —comentó Nagare riendo con picardía.

—Además, han quitado el rótulo —añadió Iwakura sin dejar de sonreír, pero con una nota de reproche en la mirada.

—El rótulo no da más que problemas —dijo Nagare con desdén—, sólo sirve para que la gente diga tonterías sobre nosotros en las páginas de opinión de internet. Nos basta y nos sobra con atender a nuestros clientes habituales.

—No queremos saber nada de gourmets, críticos gastronómicos ni nada parecido —añadió Koishi desde la cocina—, queremos dedicarnos a lo nuestro al margen de todo ese mundillo.

—En cualquier caso, enhorabuena por habernos encontrado —dijo Nagare atento a la reacción de Iwakura.

—Se lo pregunté a Akane Daidoji, la redactora jefa de la revista, aunque quizá sea más exacto decir que la forcé a que me dijera la dirección.

—¿Se conocen?

—Bueno, tanto como conocernos... —Iwakura apartó la mirada dejando la frase inacabada.

—Pero siendo un lector de la *Ryori-Shunju*, me imagino que le interesa la comida.

—Lo cierto es que no me pierdo ningún número, y siempre me intrigó eso de «investigaciones gastronómicas» —respondió el primer ministro con una media sonrisa.

—Hay que despertar la curiosidad de los clientes potenciales —indicó Nagare sonriendo también.

—En ese caso, podría ser más generoso con la información —insistió Iwakura poniéndose serio.

—Quienes están destinados a encontrarse terminan haciéndolo y, del mismo modo, quienes están destinados a llegar aquí, acaban llegando. —Miró a los ojos a Iwakura y añadió—: Como usted.

—Entonces es cosa del destino.

—Sé que hay gente que se pone en contacto con la revista, pero se supone que Akane no dice nada.

—Imagino que cedió a mi obsesión por la comida. ¡Figúrese que le estaba hablando de un plato que recordaba de hace cincuenta años! —explicó—. Eso sí, que haya podido tomarme un día libre la semana pasada fue una feliz casualidad.

—¿Y siempre le ha interesado tanto la comida? —preguntó Nagare con auténtica curiosidad.

—Hubo un tiempo en que incluso quise ser cocinero, como usted, señor Nagare. Quería cocinar para hacer feliz a la gente, aunque sabía que mi padre jamás me dejaría seguir por ese camino —respondió el primer ministro con una mueca de desprecio. Era imposible saber si lo sentía por su padre, por sí mismo o por ambos.

—No sólo los cocineros hacen felices a las personas —repuso Nagare.

—Tiene toda la razón. De hecho, entré en política con ese objetivo.

—¿Y?

—En mi trabajo no me puedo permitir ofrecer siempre cosas buenas, ni siquiera simplemente aceptables. En ocasiones me toca decidir cosas que no son platos de gusto para nadie.

—Los buenos remedios a veces amargan, ¿no es eso?

—Exacto. Lo cierto es que siempre he pensado que lo importante es la intención con que se hacen las cosas y, como usted acaba de decir, a veces hay que tomar lo que no nos gusta. El mal trago es necesario para alcanzar un bien superior, aunque a mí tampoco me agrade. El caso es que hace poco me di cuenta de cuánta falta me hacía llevarme a la boca, yo mismo, algo rico de verdad.

—Y quiso volver a probar el sushi que tanto recordaba.

Iwakura asintió en silencio con la cabeza.

—Gracias a usted siento que algo se ha resuelto por fin en mi interior —añadió—. Lamento la urgencia con la que les he pedido que trabajen, pero creo que llegaré a tiempo.

—Me alegra saberlo. Nosotros siempre hemos ofrecido a los clientes cosas buenas, y lo malo nos lo hemos quedado para nosotros.

Iwakura se levantó al ver que Koishi llegaba de la cocina con una bolsa de papel en la mano.

—Disculpe la espera —dijo ella.

Iwakura sacó la cartera.

—¿Cuánto les debo?

—Por el trabajo de investigación, lo que usted quiera, no tenemos fijado ningún precio. Por favor, ingrese lo que considere justo pagar por nuestros servicios en esta cuenta bancaria —agregó entregándole una nota con los datos bancarios.

—De acuerdo. Haré el ingreso en cuanto regrese —prometió guardándose la nota en la cartera—. Cuente con que les abonaré un recargo por la urgencia.

—Que le vaya muy bien —le deseó Nagare.

Iwakura salió a la calle y les dedicó una profunda reverencia.

—Muchas gracias —dijo.

—Encantados de haberlo ayudado —dijo Koishi sonriente al lado de Nagare—. Adiós.

Iwakura comenzó a caminar, pero se detuvo al tercer paso y dio marcha atrás.

—Me acabo de acordar de la muletilla de la señora Haru: «Nunca se deben olvidar la humildad y la seriedad de cuando uno era principiante.» ¿Era ésa?

—Exacto —confirmó Nagare.

Iwakura se inclinó levemente y se fue por fin. Una berlina negra pasó a su lado.

—¡Señor Yamada! —lo llamó Nagare a voces.

Iwakura contrajo la espalda, sobresaltado, y se volvió para mirar atrás.

—¡Confiamos en usted! —le dijo Nagare.

Él respondió con una sonrisa y reemprendió el camino.

—Un simple sushi de caballa podría decidir el destino de un país —musitó Nagare.

—¿De un país? Ya, claro —dijo Koishi. Le dio una fuerte palmada en la espalda y agregó—: Ha salido todo muy bien, pero tampoco te pases.

—En fin. Será lo que tenga que ser. A ver cuánto nos ingresa. Bueno, ¿nos damos un festín de sushi de caballa?

—Por cierto, papá, ¿por qué preparaste siete barras de sushi diferentes y sólo le serviste la segunda?

—Hice siete variando la cantidad de vinagre, el corte del pescado, etcétera, y el segundo por la derecha fue el que más me gustó. Por mucha querencia que tengamos por un sabor del pasado, al final nos gusta más lo que está más rico, y sólo comiendo algo verdaderamente sabroso tenemos la sensación de que estamos volviendo a disfrutar del sabor que tanto añorábamos.

—Eso quiere decir que el festín de sushi nos lo daremos con tus obras fallidas.

—Bueno, estoy hablando en términos relativos, todos los que he preparado están ricos. Por cierto, en Tosa compré un par de botellas de sake que me recomendaron: Suigei y Minami. Me dijeron que eran excelentes.

—Fantástico. Me encanta beber de día. Pero dos botellas, ¿no será mucho para nosotros dos? —preguntó Koishi.

—Si vas a llamar a Hiro, dile que traiga, como mínimo, una ración de *sashimi*.

—¡Qué listo eres, papá! —dijo ella dándole una nueva palmada en la espalda.

—Tú no tienes secretos para mí, hija, sé lo que estás pensando en cada momento.

—¿Por esa razón me habré convertido en la borrachuza que soy?

—Anda, no digas tonterías y ponte a preparar la cena, que tu madre está harta de esperar —dijo Nagare mirando al altar.

IV

Tonkatsu

とんかつ

1

Superados los momentos más fríos del invierno, la primavera regresaba por fin a la ciudad de Kioto.

Con el templo a la espalda, sólo hay que cruzar la calle Karasuma-dori para llegar a Shomen-dori, donde los vivos colores de la nueva estación (el celeste, el amarillo limón o el rosa) salpicaban ya la ropa de la gente que iba y venía.

Pero Suyako Hirose caminaba hacia el este con su vestido gris marengo, una chaqueta negra y cara de tristeza.

Había investigado todo lo posible sobre la taberna Kamogawa, así que estaba bastante segura de que aquel viejo local era el lugar que buscaba, pero no las tenía todas consigo. No sólo no había rótulo, sino tampoco la típica cortina que suele indicar que un negocio está abierto.

Por suerte, a un lado de la puerta corredera de aluminio había un ventanuco por el que se filtraba un murmullo de voces y de risas que confirmaba que aquello no estaba vacío, ni era una casa cualquiera, y el olor que flotaba en el ambiente semejaba el del sótano de ciertos grandes almacenes, donde suelen concentrarse los puestos de comida.

La puerta se abrió de pronto y apareció un joven vestido con una chaqueta bomber blanca. Un gato atigrado que había estado dormitando en la entrada se levantó y corrió hacia él.

—Muchas gracias —iba diciendo el joven.

—Disculpe, ¿es la taberna Kamogawa? —le preguntó Suyako. El tipo se había puesto a acariciarle la cabeza al felino.

—Yo diría que sí. Al menos es la taberna que regentan los Kamogawa, padre e hija.

Suyako le hizo una reverencia y entró.

En ese momento Nagare Kamogawa volvía de la cocina limpiándose las manos con un trapo.

—¿Para comer? —le preguntó.

—Venía a que me ayudasen a encontrar un plato.

—Si viene a la agencia de detectives, la atenderá mi hija, que es la encargada —respondió secamente señalando a Koishi con la barbilla.

—Aunque quien hace las pesquisas es mi padre, todo hay que decirlo —le aclaró Koishi—. ¿No querría comer algo antes?

El reloj marcaba las doce y media.

—¿Qué puede ser? —Suyako echó una mirada furtiva al cuenco de ramen todavía con algo de caldo que estaba sobre la barra—. Es que soy un poco especial para la comida.

—A los nuevos clientes les ofrecemos el *omakase* —repuso Nagare tomando el testigo de Koishi—. ¿Tiene alguna alergia?

—Ninguna —contestó ella mirando a su alrededor—, pero no me gustan la carne ni los platos fritos en general.

—Si quiere algo ligero, puedo preparárselo enseguida.

Suyako pareció conforme.

—Se lo agradezco porque soy de poco comer.

—Esta noche viene un cliente a tomar un menú completo de comida tradicional japonesa, así que puedo traerle una selección de esos platos. Estoy seguro de que le gustarán —dijo Nagare, y se marchó a la cocina.

Koishi se acercó a una de las mesas, retiró una silla y la invitó a sentarse.

—No tienen rótulo ni carta, ¿verdad? —dijo Suyako volviendo a examinar el local—. Qué taberna tan curiosa.

—¿Le ha costado encontrarnos? —preguntó Koishi poniendo una taza sobre la mesa.

—Lo encontré por un anuncio en la revista *Ryori-Shunju*.

—¡¿Llegó hasta aquí sin la ayuda de nadie?! —preguntó Koishi sorprendida, dejando de servir el té.

—En el anuncio no figuraba la dirección, así que me puse en contacto con la redacción para que me dieran información sobre el restaurante, pero no hubo manera de que me dijeran nada. —Dio un sorbo de té—. Incluso apelé a su sentido de la responsabilidad, reprochándoles que publicar un anuncio así carecía de sentido, pero ni por ésas. Al final no tuve más remedio que tirar de rumores.

—Lo siento mucho. Nos lo dicen siempre, pero mi padre no cede, es más terco que una mula —se disculpó Koishi mirando de reojo hacia la cocina—. Cree que si alguien está destinado a encontrarnos, lo conseguirá, y no hay forma de convencerlo de lo contrario.

Nagare apareció con la comida.

—Gracias por la espera. Le he preparado unos cuantos platillos ligeros.

Y fue disponiendo en la mesa, delante de Suyako, los platillos que había llevado en una bandeja redonda.

A ella se le iluminó la cara.

—Se ve riquísimo —dijo.

—Empezando por la parte superior izquierda —comenzó a explicar Nagare mientras señalaba los platos con un dedo— tenemos ostras de Miyajima preparadas al estilo de Kurama; brochetas de *awafu*, que es una pasta ligera de trigo al vapor mezclado con castañas, con salteado de brotes de petasita *fuki* al miso; guiso de helecho y brotes tiernos de bambú; pescado de agua dulce *moroko* a la plancha; pechuga de pollo de Kioto al *wasabi*; rollo de caballa de Wakasa en vinagre envuelto en láminas de nabo marinado en sal y vinagre. Y para acabar, en el cuenco de abajo a la derecha, buñuelos de almeja al vapor con verduras y almidón de *kuzu*. El cliente que vendrá esta noche me pidió expresamente «una comida de reminiscencias invernales y ansias primaverales», de ahí estos platos. Hoy, además, tenemos arroz de la variedad *koshihikari* de Tanba —concluyó—. ¡Buen provecho!

Suyako cogió los palillos indecisa.

—No sé ni por dónde empezar.

—Le dejo aquí la tetera, ¿de acuerdo? Avíseme si desea más —le dijo Koishi, y se marchó a la cocina con su padre.

Suyako empezó por el *moroko*. Se sintió atraída por el aire primaveral de los platillos de cerámica de Kiseto en la que estaban servidos los dos pequeños pescados y se acordó de una vez, tres años atrás, en que disfrutó muchísimo comiendo en un restaurante de cocina tradicional de Kioto con su ex marido, Denjiro Okae.

Le vino a la mente el alborozo de Denjiro al ver el *moroko*, y cómo la ilustró acerca de su simbolismo como heraldo de la primavera en Kioto y su condición de especie endémica del lago Biwa, y también recordó que, en aquel momento, se había puesto a pensar en lo mucho que el carácter de la gente de la región de Kansai había permeado la personalidad de Denjiro.

Se comió los dos *moroko* en un abrir y cerrar de ojos, mojándolos un poco en el aliño de vinagre y salsa de soja. Después pasó al corte de caballa en vinagre enrollado en el nabo marinado. Conocía bien el sushi de caballa (se acordó de que, en una de las tascas de cocina casera a la que solía ir cuando regresaba a la prefectura de Yamaguchi, su tierra natal, en ocasiones servían sushi de caballa de pincho del estrecho de Bungo como cierre del menú), pero sin duda era la primera vez que probaba la caballa en vinagre envuelta en un encurtido. El gusto dulzón del nabo marinado y la acidez de la caballa en vinagre se combinaron en su boca en perfecta armonía.

La tapa de uno de los cuencos lacados mostraba unos capullos de sauce hechos con la técnica del *maki-e*, es decir, dibujados con polvo de oro sobre la laca. En cuanto la levantó se escapó un vapor con fragancias de *hamaguri* y notas de *yuzu*. Le dio un sorbo al caldo y dejó escapar un suspiro.

—¿Qué tal? —le preguntó Nagare asomándose a la puerta de la cocina.

—Está todo delicioso —contestó ella limpiándose la boca con un pañuelo de encaje—, aunque quizá sean sabores demasiado finos para un paladar pueblerino como el mío.

—¿De dónde es usted?

—De Yamaguchi.

—Eso está muy lejos de Kioto. Le agradezco el esfuerzo de haber venido hasta aquí. Cuando termine de comer, la llevaremos a la oficina de la agencia —prometió Nagare, y se llevó a la cocina los platos vacíos.

Suyako esperó hasta que el cocinero hubo desaparecido de su vista y se preparó un *chazuke*: volcó las ostras al estilo de Kurama encima del arroz, lo roció todo con té y se puso a zampárselo con ganas levantando el cuenco y pegándoselo a la boca. Hizo una pausa para comerse la pechuga al *wasabi* y luego regresó al plato anterior y devoró hasta el último grano de arroz.

En ese momento Nagare volvió a salir de la cocina. Llevaba una bandeja y le preguntó si quería más arroz.

—Estoy servida, muchas gracias —repuso ella ruborizándose al pensar que podía haberla pillado atizándose el *chazuke* de aquel modo.

»Le ruego que me disculpe por mis modales en la mesa —dijo.

—Yo soy de la idea de que cada uno debe comer como le plazca —la tranquilizó Nagare. Recogió la vajilla y limpió la mesa con la bayeta.

Suyako dejó los palillos a un lado y juntó las manos en señal de agradecimiento.

—¿La acompaño a la oficina? —intervino entonces Koishi, que había esperado el momento adecuado para proponérselo.

Le abrió la puerta al fondo, a la izquierda de la barra, y la guió por el pasillo.

—¿Y estas fotografías? —preguntó Suyako parándose.

—Casi todas son fotos de platos que ha preparado mi padre —contestó Koishi orgullosa. Señaló con el dedo las fotografías que cubrían las dos paredes del pasillo y agregó—: Hay comida japonesa, china y occidental. Es un cocinero muy versátil.

—O sea que no es especialista en ninguna de esas tradiciones culinarias.

—Bueno, visto así... —repuso Koishi algo ofendida por el comentario.

—¿Y esto? —dijo Suyako mirando con cara de asombro una serie de fotografías.

—Ésas son de un menú completo de pez globo que preparó para el dueño de una tienda de kimonos. El plato grande es *sashimi* de pez globo; lo que está en el hornillo, pez globo asado; y lo que hay en la olla de barro, sopa de arroz y verduras con el caldo restante del *nabe* de pez globo —explicó Koishi recuperando el timbre de orgullo en su voz—. Por supuesto, mi padre tiene licencia para preparar ese pescado.

—¡Y yo que pensaba que ésta era una taberna convencional! ¡Está claro que me equivoqué de medio a medio! —exclamó Suyako, que volvió la cara hacia el comedor y agregó—: Pero es que la apariencia del local y lo que sirven no tienen nada que ver.

Koishi reanudó la marcha y le preguntó, ahora ya con evidente acritud:

—Así que le gusta el pez globo, ¿eh?

—Soy de Yamaguchi. Me encanta el pez globo desde que tengo uso de razón —indicó ella sin afectación.

—Pues yo lo probé por primera vez en la celebración de mi ingreso en la universidad —dijo Koishi volviéndose.

—Es que mi padre era rector de una universidad y muchas veces le regalaban peces globo —respondió Suyako.

—No me diga —dijo Koishi. Le parecía que la clienta era muy arrogante, y se había puesto de malas.

Al llegar al final del pasillo abrió la puerta de la oficina haciendo ruido adrede.

—Pase, por favor. Siéntese —le ofreció con frialdad.

—Muchas gracias.

Suyako entró en la habitación y se sentó impertérrita en el sofá. El cambio de actitud de Koishi no parecía importarle lo más mínimo.

—Por favor —pidió la chica en un tono frío y distante mientras le tendía con algo de brusquedad la carpeta—, ¿podría rellenar este formulario?

Mientras Suyako hacía lo que le había pedido, ella se puso a estudiar con disimulo sus gestos, al tiempo que introducía las hojas de té en la tetera.

—¿Así está bien? —dijo Suyako devolviéndole la carpeta.

—Veamos, doña Suyako Hirose. No parece que tenga usted cincuenta años, se conserva muy bien. Pero dígame, ¿qué plato está buscando? —le preguntó Koishi sin más preámbulos y en un tono bastante desabrido.

—Un *tonkatsu* —contestó la otra mirándola fijamente.

A Koishi le extrañó aquella respuesta.

—¿No nos acaba de decir que no le gustaban la carne de cerdo ni las comidas fritas?

La mirada de Suyako se tornó suplicante.

—No es para mí, sino para otra persona.

—¿Y qué clase de *tonkatsu* es? —volvió a preguntar Koishi.

—Eso es lo que no sé, y por ese motivo vengo a pedirles ayuda.

—Claro, sí; pero es que tendría que darme algún detalle, de otro modo... —dijo la chica frunciendo el entrecejo.

—No sé qué debería contarle y qué no —repuso Suyako titubeante, y enseguida apretó los labios y se quedó callada.

—Cuénteme lo que crea conveniente —repuso Koishi en un tono poco empático.

—¿Conoce la estación de tren de Demachiyanagi?

—Creo que no hay nadie en Kioto que no la conozca —contestó Koishi, e hinchó los carrillos.

—Pues cerca de la estación hay un templo budista —continuó diciendo Suyako.

—¿Un templo? —Koishi reprimió un bostezo y ladeó la cabeza—. No estoy segura.

—Entonces tampoco recordará que al lado del templo había un restaurante llamado Katsuden, especializado en *tonkatsu*.

Koishi negó con la cabeza sin decir nada.

—Me gustaría que reprodujesen el *tonkatsu* que servían en aquel restaurante.

—Y dice que ese restaurante ya no existe, ¿verdad?

Suyako también negó con la cabeza.

—¿Hasta cuándo estuvo abierto?

—Tengo entendido que cerró hace unos tres años y medio.

—O sea que estamos hablando de algo más o menos reciente. Creo que podremos ayudarla. Se llamaba Katsuden, ¿correcto?

—Eso pensaba yo también, pero busqué en internet y no encontré nada —repuso Suyako con expresión sombría.

—Si el restaurante estuvo abierto hasta hace más o menos tres años y medio, tendría que haber comentarios acerca de él en páginas de gastronomía y blogs de gourmets.

—Pero hay restaurantes como el suyo, sin ir más lejos, de los que no se habla mucho en internet.

Esa réplica suavizó por fin la expresión de Koishi.

—Tiene razón —concedió—. Es que mi padre no quiere preocuparse por opiniones y reseñas absurdas. Durante mucho tiempo intentamos impedir que se hablase de nosotros en la red, pero sin éxito, así que al final quitamos el rótulo y fingimos que habíamos cerrado para siempre.

—Mi marido era del mismo parecer —repuso Suyako con naturalidad—, pero al menos tenía un rótulo y colgaba la cortina, si no recuerdo mal.

—¿El Katsuden era de su marido? —preguntó Koishi echándose hacia atrás y abriendo mucho los ojos.

—Así es —respondió Suyako asintiendo ligeramente—; bueno, en rigor, de mi ex marido.

—Entonces, ¿por qué no se lo pregunta a él? —preguntó Koishi y volvió a hinchar los carrillos.

—Si pudiera hacerlo no estaría aquí. —Bajó la mirada y agregó—: Es a él a quien quiero ofrecerle ese *tonkatsu*.

—¿Cómo dice? —volvió a preguntar Koishi agitando el bolígrafo entre los dedos con gesto nervioso—. Creo que me he perdido, ¿me lo podría explicar mejor?

—Me casé con él hace veinticinco años, pese a la oposición de mi padre y, en general, de toda mi familia. En aquella época él tenía, en la prefectura de Yamaguchi, un restaurante que se llamaba Fuguden y cuya especialidad era precisamente el pez globo —contó Suyako; tomó aliento y alargó la mano hacia la taza de té.

—Claro, su padre era rector de una universidad, es comprensible —repuso Koishi levantando la vista del cuaderno—. Pero ¿por qué un cocinero especializado en pez globo decidió abrir un restaurante de *tonkatsu* en Kioto?

—Por una intoxicación que se produjo en el Fuguden —respondió Suyako, y dio un sorbo de té.

—¡Pero una intoxicación por pez globo puede ser mortal! —exclamó Koishi entre sorprendida e irritada.

—De hecho, una persona murió.

—Lo siento, no he querido decir que...

—Era un primo mío que, desde pequeño, fue siempre muy testarudo, la clase de persona que cuando se empeña en algo no hay manera humana de convencerla de lo contrario. El caso es que un día llevó al restaurante un pez globo que había pescado él mismo, obligó a Masuda, el segundo de cocina, a que se lo preparase y se lo comió. —Suyako se mordió los labios como si estuviese a punto de echarse a llorar—. Todo eso ocurrió en ausencia de mi marido, que estaba en una reunión con otros colegas. Fue una desgracia.

—Me imagino que al segundo de cocina le fue imposible negarse; al fin y al cabo, se trataba de un familiar del dueño —dijo Koishi compadeciéndose.

—En un principio el pobre Masuda se mantuvo firme, pero al final no tuvo más remedio que ceder, casi bajo amenaza.

—¿Y qué fue del restaurante?

—Aquélla es una ciudad pequeña, así que la noticia se difundió con rapidez y hubo que cerrarlo. Pero, ay, ¡si la cosa hubiera terminado ahí! —exclamó Suyako acongojada.

—¿Hubo problemas con la indemnización o algo así? —preguntó Koishi pasando una página del cuaderno.

—La familia de mi primo había hecho fortuna con el comercio internacional, así que no buscaban dinero, pero el asunto terminó dañando mucho nuestras relaciones y mi marido me pidió el divorcio —explicó Suyako bajando los ojos.

—Pero había sido su primo quien había pescado el pez globo y había decidido comérselo, ¡su marido no tenía ninguna culpa! —dijo Koishi. La situación le parecía absurda e injusta.

—Denjiro era un hombre con un gran sentido de la responsabilidad y...

—¿Cómo se apellidaba su ex marido?

—Okae.

Koishi anotó el apellido.

—No entiendo por qué tuvieron que separarse, podrían haberse ido juntos de Yamaguchi y asunto concluido.

Koishi contrajo los labios indignada.

—Quizá queda feo que yo lo diga, pero mi familia es muy conocida en Yamaguchi, y el honor es muy importante para ellos. Además —añadió irguiendo el busto—, yo era profesora de piano y...

—Así que enseñaba usted piano.

—Sí, a alumnos de todas las edades, desde niños de parvulario hasta estudiantes de conservatorio que participaban en concursos. Llegué a tener cien alumnos a la vez.

—Así que usted se quedó en Yamaguchi después del divorcio, mientras que su ex marido llegó a Kioto y abrió un restaurante de *tonkatsu*.

—Según sé, tras la separación se alejó del mundo de la cocina y estuvo un par de años moviéndose de un lado para otro por la región de Kanto; debió de llegar a Kioto poco después —relató Suyako sin dejar traslucir ninguna emoción.

—Eso significa... —empezó a decir Koishi contando con los dedos— hace unos veinte años. ¿Y por qué abriría un restaurante de *tonkatsu*?

—La verdad es que no lo sé —repuso Suyako pensativa—. Una vez llevó a casa un *tonkatsu* que había preparado para el personal del restaurante. De vez en cuando volvía a casa con comidas así.

—Me encantan los platos reciclados —comentó Koishi sonriente—, nosotros los comemos casi todos los días.

—Puede ser —repuso Suyako enarcando las cejas—, pero a mí me dio la sensación de estar rebañando las sobras.

—Entonces, ¿por qué quiere que reproduzcamos el *tonkatsu* del restaurante de su ex marido? Han pasado muchos años, ¿no puede pedirle a él mismo la receta? ¡Y que quiera ofrecérselo a él mismo, nada menos! No entiendo nada —dijo Koishi sin levantar la cara del cuaderno.

—Durante todos estos años él había seguido mandándome un regalo por mi cumpleaños, el veinticinco de octubre, pero el año pasado no lo hizo y yo me preocupé. Quise averiguar qué había pasado y me enteré de que estaba ingresado en el hospital de la Cruz Roja de Higashiyama. Fui a visitarlo a principios de año y lo encontré casi irreconocible, muy flaco y desmejorado, cuando él siempre había sido alto y corpulento —contó Suyako eligiendo con cuidado las palabras.

—Tiene algo grave —murmuró Koishi dejando el bolígrafo sobre la mesa.

—Según el médico, le quedan tres meses de vida como mucho.

—¡Tres meses! —exclamó Koishi mirando un calendario colgado en la pared—. ¡Tenemos que apresurarnos!

—Según las enfermeras, no para de hablar del *tonkatsu* del Katsuden, pero cuando yo le pregunto cómo era, se niega en redondo a decírmelo. En ésas estaba cuando me encontré por casualidad con su anuncio en la revista *Ryori-Shunju* —contó Suyako, y lanzó un gran suspiro.

—¿Y a las enfermeras no les ha dado detalles de ese *tonkatsu*?

—Muy pocos. Sólo me han dicho que, las noches en que habla del *tonkatsu*, siempre termina diciendo, medio en sueños, «cinco milímetros, tres milímetros». No tengo ni idea de a qué puede referirse —explicó Suyako negando con la cabeza.

—«Cinco milímetros, tres milímetros» —repitió Koishi—, a saber. No obstante, creo que tenemos bastantes datos. Mi padre se encargará del resto. Seguro que consigue reproducir ese plato. Le meteré prisa para que lo haga rápido.

Cerró el cuaderno y se levantó.

—Muchas gracias —dijo Suyako levantándose también y haciendo una reverencia.

Volvieron al comedor y encontraron a Nagare leyendo el periódico.

—¿Ya está? —preguntó doblándolo.

—Papá, tienes que encontrar un *tonkatsu*, ¡es muy urgente! —exclamó Koishi subiendo la voz.

—Pero ¿qué pasa? ¿A qué viene tanta prisa?

—¿Tú conocías un restaurante de *tonkatsu* que se llamaba Katsuden?

—¿Katsuden? Me suena, pero...

—Vamos, papá, haz memoria —le dijo Koishi impaciente, ladeando la cabeza.

—Vamos a ver, Koishi, ¿cuántas veces tengo que decirte que cuentes las cosas despacio para que pueda entenderte? Si no, no llegamos a ninguna parte.

Ella procuró calmarse, le ofreció una silla a Suyako y se sentó a su lado.

—La señora Suyako está divorciada —explicó—, pero lo que importa ahora es que su ex marido está gravemente enfermo.

A continuación Koishi se puso a relatarle a su padre los hitos del asunto y él la escuchó con atención ladeando la cabeza o asintiendo. Luego sacó de la estantería un mapa urbano de Kioto.

—Me acabo de acordar del *tonkatsu* del Katsuden —afirmó—. Hace unos diez años fui a comer allí en varias ocasiones. Si no me falla la memoria, estaba a la vuelta del templo Chotoku-ji, muy cerca de la estación de Demachiyanagi. Era un local más bien pequeño regentado por un tipo fornido que freía un *tonkatsu* tras otro sin descanso.

Extendió el mapa sobre la mesa y Suyako se inclinó sobre él.

—Éste es el templo, ¿verdad? —preguntó señalando un punto en el mapa; a continuación abrió su bolso, hojeó una agenda de bolsillo, extrajo luego una foto que guardaba entre las páginas y se la mostró a Nagare—. Mire, mi ex esposo. Como puede observar, ni la sombra de aquel hombre fornido.

La fotografía mostraba a un hombre demacrado en lo que parecía ser una cama de hospital. Tenía las sábanas a la cintura y la luz de una ventana, a su derecha, le caía sobre el torso escuálido.

—Me recuerda en cierto modo a la persona que atendía aquel restaurante, aunque sin duda era mucho más robusta —comentó Nagare mirando la foto con interés. Luego se fijó en los dedos de Suyako—. Tiene usted unos dedos muy hermosos —le dijo.

—La señora Suyako es profesora de piano, es normal que tenga dedos bonitos. Pero deja de distraerte, papá. No tenemos mucho tiempo.

—Tres meses —murmuró él sin apartar la vista de la fotografía.

Suyako contestó con voz trémula:

—Con suerte.

—Entendido. Creo que seré capaz de reproducir ese plato en un par de semanas. ¿Podrá volver entonces?

—¡¿Dos semanas?! —exclamó Koishi con voz estridente—. ¡¿No puedes intentar que sea antes?!

—Necesito como mínimo un par de semanas para encontrar y reproducir el *tonkatsu* del Katsuden —remachó Nagare en tono expeditivo.

Suyako se levantó e hizo una profunda reverencia.

Cuando Suyako salió del restaurante, Hirune se puso a restregar el lomo contra sus tobillos impidiéndole irse.

—Oye, Hirune, deja en paz a la señora —ordenó Koishi poniéndose en cuclillas.

—Déjelo, yo también tengo un gato —le pidió Suyako; cogió en brazos a Hirune y se lo entregó.

—¿Cómo se llama su gato? —le preguntó entonces Koishi.

—Hanon —contestó Suyako sonriendo—, es el apellido del autor de una famosa colección de ejercicios de piano.

Fue la primera sonrisa franca que Suyako le dirigió a Koishi.

—Veo que lleva lo de ser profesora de piano hasta las últimas consecuencias —comentó devolviéndole la sonrisa. Suyako echó a andar en dirección oeste. Nagare y Koishi le hicieron una reverencia cuando ya se iba. Hirune maulló un par de veces.

—Me has decepcionado, papá.

—¿Cómo? —preguntó Nagare algo distraído, hojeando el cuaderno de Koishi.

—Esperaba que dijeras: «Eso está hecho, lo resolveremos en tres días» o algo parecido. ¿Ya te has olvidado lo que te pasó con mamá? —quiso saber Koishi entornando los ojos.

—«Cinco milímetros, tres milímetros» —murmuró Nagare fingiendo seguir absorto en el cuaderno. Pasaba y repasaba las páginas haciendo como si ignorara lo que le decía su hija.

—Papá, ¿me estás escuchando? —volvió a preguntar ella dándole un manotazo en la espalda.

—Una simple intoxicación alimentaria puede dañar de gravedad, y para siempre, la reputación de un restaurante, pero si muere alguien, apaga y vámonos. Eso es algo que no puede pasar bajo ningún concepto.

—¿Qué mascullas? —dijo Koishi mirándolo enojada.

—Mira, me voy mañana mismo a Yamaguchi —repuso por fin Nagare—. Aprovecharé para hacer noche en los baños termales de Yuda y te traeré unos dulces *onsen-manju* de recuerdo. Tú cuida de la taberna, ¿vale?

Cerró el cuaderno y se levantó.

—Hombre, ya que vas, podrías traer un preparado para hacer *nabe* de pez globo —dijo Koishi, e infló los carrillos.

—No tenemos dinero para esos lujos —repuso el padre, y le devolvió el manotazo en la espalda.

2

La noticia de la floración del cerezo *sakura* llegó del lejano Kyushu, pero en Kioto los capullos apenas habían comenzado a brotar. Igual que todos los años, faltaban aún dos semanas para que los árboles se pusieran de gala.

A pesar de ello, muchos turistas se agolpaban ya en los alrededores del templo Higashi Hongan-ji, quizá movidos por el deseo de presenciar antes que nadie la llegada de la primavera a Kioto. En cualquier caso, se acercaban ya esos instantes, típicos de los atardeceres primaverales, que el poeta Su Shi describió como «más preciosos que mil monedas de oro».

El tráfico era incesante en el cruce de las calles Shomen-dori y Karasuma-dori mientras Suyako esperaba a que cambiara el semáforo. Llevaba un vestido de color rosa pálido y una fina rebeca blanca sobre los hombros. Transcurridas dos semanas, no sólo su ropa parecía más alegre, sino también su semblante.

El semáforo se puso en verde y ella empezó a andar dando grandes zancadas.

Cuando llegó a la entrada del restaurante se agachó para acariciarle la cabeza al gato que estaba echado en el suelo.

—Hola, Hirune.

El gato maulló mimoso y se subió, muy cuco, a sus rodillas.

—Pero bueno, Hirune, baja de ahí —lo regañó Koishi—. Le vas a manchar el vestido a la señora.

—No se preocupe, es ropa de diario.

—¿Cómo sigue el señor Okae? —preguntó Koishi temiéndose lo peor.

—Igual —repuso ella procurando sonreír.

—Bienvenida —la saludó Nagare cuando la vio entrar en el restaurante.

—¿Qué tal, señor Nagare? —respondió ella haciendo una reverencia.

El cocinero apartó una silla de la mesa y se la ofreció.

—Siéntese, por favor. Le he puesto para llevar todo lo necesario para el *tonkatsu* de su ex marido, pero quiero pedirle que usted se lo coma aquí, en la taberna.

—Me parece bien —dijo Suyako, y se sentó.

—Sólo permítame que le cuente una cosa antes de que lo pruebe. Las razones que llevaron al señor Okae a abrir un restaurante de *tonkatsu* en Kioto.

La expresión de Suyako cambió de repente, se enderezó en el asiento y volvió la cara hacia Nagare.

—He conseguido hablar con el señor Masuda —empezó a decir con gesto serio—, que había sido el segundo de cocina en el Fuguden. Recurrí a todos los medios a mi alcance para dar con su paradero y por fin averigüé que vivía en el distrito de Hakata, en Fukuoka. Luego él mismo me contó que, tras saldar su deuda con la justicia, había abierto una pequeña tasca no lejos de allí, en el distrito de Tenjin, ¿lo sabía usted?

—Pues no —contestó Suyako mirándolo con sorpresa—. Fue a despedirse cuando cerramos el restaurante, pero desde entonces no había vuelto a saber nada de él.

—El señor Okae lo ayudó a abrir esa tasca, que sigue funcionando modestamente hoy en día.

—«Okae lo ayudó» —repitió Suyako casi en un susurro.

—Mire —le indicó Nagare mostrándole la fotografía de una pequeña tasca de cocina tradicional situada al fondo de un callejón.

—Muchas gracias por molestarse en viajar hasta Hakata —dijo Suyako inclinando un poco la cabeza.

—Es que a mi padre le gusta comprobar las cosas en persona —apuntó Koishi.

—Después —siguió contando Nagare—, al parecer rompió toda relación con él, tal como hizo con usted, ¿no es cierto? Por eso el señor Masuda no sabía nada del restaurante de *tonkatsu*; sin embargo, la noticia no le extrañó.

—¿Cómo que no le extrañó? —preguntó Suyako.

—El señor Okae le había dicho muchas veces que soñaba con abrir algún día un restaurante de *tonkatsu*. Quizá no lo decía muy en serio en aquel entonces, pero por lo visto el origen de aquella idea fue que a usted le había gustado mucho su *tonkatsu*.

—¿Que me había gustado?

Suyako parecía aturdida.

—Puedes empezar a preparar la comida como te he explicado —le pidió Nagare a Koishi.

Ésta asintió y se fue a la cocina. Nagare se volvió a acomodar en la silla.

—Normalmente, cuando el señor Okae regresaba a casa con la comida que había preparado para los empleados usted apenas decía nada, ni bueno ni malo. Comían lo que había llevado y fin de la historia. Pero un día, cuando llevó *tonkatsu*, ocurrió algo muy diferente, ¿no se acuerda?

—Lo siento —repuso Suyako con un hilo de voz.

—«No sabía que el *tonkatsu* fuera algo tan delicioso», dijo usted, según me contó el señor Masuda, quien, a su vez, lo oyó de su ex marido, que estaba que no cabía de felicidad. Y no sucedió sólo una vez. Cada vez que el señor Okae llevaba *tonkatsu* a casa, su reacción se repetía y, cada vez, su ex marido se lo contaba lleno de alegría al señor Masuda. Si usted, a quien no le gustaban la carne ni los platos fritos, apreciaba su *tonkatsu*, quería decir que aquella receta suya tendría éxito en cualquier sitio. El señor Masuda me habló de eso con auténtica emoción y afecto.

—Entiendo —dijo Suyako, y suspiró.

—Me figuro que a su ex marido le resultaba muy gratificante verla comer con tanto placer el *tonkatsu* que le cocinaba.

—Desde luego, jamás comí otras frituras por gusto, ni freí nada en casa.

—Sin duda, el señor Okae tenía alma de cocinero. A pesar del aciago final de su restaurante de pez globo, nunca perdió la ilusión por hacer feliz a la gente a través de la comida.

—No me acordaba de lo que yo misma había dicho —confesó Suyako avergonzada, mirando la mesa.

—A los cocineros nos encanta ver a la gente disfrutar y que nos digan que nuestra comida estaba buena.

—¡Ya casi está! —gritó Koishi desde la cocina.

—El *tonkatsu* recién frito es el mejor —dijo Nagare—. Se lo traigo enseguida.

Se levantó, dispuso una bandeja cuadrada de cedro japonés delante de Suyako y colocó los palillos y tres platos pequeños.

—Muchas gracias —le dijo ella; se reacomodó en el asiento y se arregló la ropa.

—Como no recordaba bien el *tonkatsu* del Katsuden, le pedí ayuda a una persona que conocía muy bien al señor Okae, y me atrevería a decir que hemos reproducido el plato casi con total exactitud —aseguró Nagare mientras rellenaba los tres platos pequeños con distintas salsas.

—¿Y esto? —preguntó Suyako acercando la nariz.

—En el Katsuden ofrecían tres salsas —explicó Nagare—. De derecha a izquierda: salsa dulce, salsa picante y salsa *ponzu*. Dado que la ración constaba de seis trocitos de carne, la mayoría de los comensales mojaba dos trocitos en cada una. Luego le detallo qué llevan.

Koishi llegó de la cocina y colocó delante de Suyako un plato redondo de cerámica Tachikui-yaki.

—Adelante, pruébelo ahora que está recién hecho y caliente —la animó—. No le pongo arroz porque aún es temprano para la cena.

—Su vajilla es muy elegante —opinó Suyako.

Juntó las manos en agradecimiento y cogió los palillos.

Koishi y Nagare se retiraron a la entrada de la cocina, desde donde se pusieron a observarla muy atentos.

Suyako tomó el primer corte y lo mojó en salsa *ponzu*. Masticó dos o tres veces, haciendo crujir el rebozado, y una cálida sonrisa se le dibujó en la cara.

—Está riquísimo.

Aquellas palabras no iban dirigidas a nadie, sólo le salieron del alma.

El segundo trozo de *tonkatsu* lo mojó en la salsa picante del platillo de en medio. Asintió con la cabeza y masticó la carne saboreándola. La tercera pieza la aderezó con salsa dulce. Luego repitió la misma secuencia, tomando el repollo en juliana de guarnición entre bocado y bocado de carne. Y así, en pocos minutos, terminó dando buena cuenta de los seis trocitos de *tonkatsu*.

—Muchas gracias —dijo al acabar; puso los palillos sobre la mesa, juntó las manos y agachó la cabeza.

—El *tonkatsu* de su marido era como éste, ¿verdad? —preguntó Nagare sentándose frente a Suyako.

—Sí, ni más ni menos. ¡Y pensar que este sabor lo acompañó durante veinte años después de que nos separáramos! ¡Y que ofrecía este *tonkatsu* a la gente para hacerla feliz! —dijo ella sin levantar la vista del plato redondo—. Es delicioso, tan ligero.

—Tiene razón, pero las salsas también son extraordinariamente delicadas, ¿no le parece? Quizá haya identificado su toque secreto.

—¿Naranja amarga? —preguntó ella levantando la vista.

—Exacto. Parece que su ex marido empleaba naranjas amargas de Yamaguchi: mermelada de naranja amarga para la salsa dulce, pimienta de naranja amarga para la picante y gotas exprimidas de naranja amarga para la *ponzu*.

—Aún recuerda usted los sabores de su tierra —comentó Koishi, de pie junto a ella.

Suyako untó el dedo en la salsa *ponzu* y se lo chupó.

—Esta salsa me recuerda mucho la que se come con el *sashimi* de pez globo, pero veo que también es ideal para el *tonkatsu*.

—Lleva un mínimo toque de ajo —dijo Nagare entornando los ojos— que, desde el punto de vista del sabor, cumple la misma función que las rodajas de puerro y cebollino con que suele acompañarse el *sashimi* de pez globo.

—Es increíble que haya conseguido reproducir estas salsas —afirmó Suyako.

—El señor Masuda me ayudó mucho esforzándose en recordar el *tonkatsu* que comían después de trabajar. No es habitual que el dueño del restaurante les prepare la comida a los empleados, pero había sido su ex marido quien había cocinado el *tonkatsu* que se llevó a casa y que usted elogió, así que de ahí en adelante no dejó que nadie más preparara ese plato, e incluso se empeñaba en ir probando con distintas salsas —relató Nagare.

—Qué cosas —dijo Suyako; cogió en sus manos el plato de cerámica Tachikui-yaki y lo acarició con mucho cariño.

—Como habrá podido comprobar —prosiguió Nagare—, este *tonkatsu* tiene un rebozado muy característico. Se hace con un pan distinto del que se usa para rebozar. Un pan rallado *panko* que, estando ya en Kioto, encargaba expresamente a una panadería de la zona. —Nagare puso sobre la mesa un plato de pan rallado para que Suyako examinara la textura—. Lo hacían para él, y el dueño de esa panadería también me contó algunas cosas acerca del *tonkatsu* del Katsuden —concluyó, y dio un sorbo de té.

—Es blando y muy fino —dijo Suyako tocando el pan—. Lo cierto es que parece pan fresco rallado, pero más seco.

—Estas migas son de unos cinco milímetros. —Se puso unas migas de *panko* en la palma de la mano y se las mostró a Suyako—. Pero para el señor Okae lo ideal eran tres. Se preguntará por qué. Pues porque así le había gustado a usted; cuanto más fino, más suave al paladar. Sin embargo, tanta suavidad puede decepcionar a los amantes del *tonkatsu*. El dueño de la panadería me contó que solían conversar acerca de estos detalles.

—Tan sólo dos milímetros de diferencia —dijo Suyako y, con un gesto melancólico, se puso a pellizcar las migas de *panko*.

—Le he escrito la receta del *tonkatsu* tal como he podido averiguarla —explicó Nagare entregándole más de diez folios en un clasificador transparente—. En la bolsa que le he preparado he puesto pan rallado de tres y cinco milímetros. Si no me equivoco, la carne que utilizaba es de cerdo Yoro de la prefectura de Gifu, y el aceite para freír debía de ser una mezcla de aceite de sésamo de Taihaku y aceite de girasol holandés.

A una señal de su padre, Koishi colocó una bolsa de papel encima de la mesa.

—A mí me parecía mejor que le entregásemos un *tonkatsu* listo para comer, de modo que el señor Okae pudiera probarlo de inmediato —dijo—, pero mi padre insistió en que debía comerse recién hecho, así que tendrá que freírlo usted misma en casa. Siento las molestias. Esta bolsa contiene todo lo necesario, incluyendo el aceite para freír y las salsas.

—Estoy muy agradecida —dijo Suyako, y abrió el bolso—. ¿Cuánto les debo?

—Por favor, ingrese el importe que le parezca apropiado en esta cuenta —repuso Koishi entregándole una nota con los datos bancarios.

—Muchísimas gracias por todo, creo que mi marido se alegrará mucho —volvió a decir Suyako, y les hizo una profunda reverencia.

Nagare le cogió las manos.

—Ha sido una gran aventura. Le deseo muchísima suerte.

—Muchas gracias otra vez —contestó Suyako envolviendo a su vez las manos de Nagare con las suyas y apretándoselas fuerte.

Koishi se enjugó una lágrima y abrió la puerta corredera.

Hirune maulló.

Suyako se agachó y le habló cariñosamente:

—Gracias a ti también, Hirune. Nos volveremos a ver.

—Si su marido le dice que ése no es su *tonkatsu*, por favor háganoslo saber. Mi padre lo intentará las veces que sea necesario —aseguró Koishi con los ojos húmedos.

—Si se hubiera dedicado desde el principio al *tonkatsu* y no al pez globo —comentó Suyako, y se mordió el labio para no llorar.

—De haber sido el caso —dijo Nagare con una leve sonrisa en los labios—, su padre jamás hubiera aceptado que se casara con él.

Suyako hizo una profunda reverencia a modo de despedida y enfiló por la calle Shomen-dori en dirección al oeste.

—¡Señora! —gritó Nagare, y Suyako se dio la vuelta.

—Prepáreselo con mucho amor.

Ella asintió y les dedicó una última reverencia.

— — —

—Ojalá que al señor Okae lo convenza el sabor de ese *ton-katsu* —dijo Koishi recogiendo la mesa.

—Ojalá —repitió Nagare lacónicamente.

—Pero ¿no habrías podido terminar antes el encargo? ¡La señora Suyako debe de haber estado muy preocupada durante estas dos semanas! ¿Se te ha olvidado cuando murió mamá? No llegaste a tiempo para despedirte y...

—Koishi, por favor —la interrumpió Nagare, y se sentó en una silla.

—¿Qué pasa? —preguntó ella con gesto sombrío, pero terminó sentándose también.

—Los muertos no pueden comer *tonkatsu* —dijo Nagare.

—Pero ¡¿qué dices?! ¡¿Cuándo falleció?! —preguntó Koishi abriendo mucho los ojos.

—No sé cuándo habrá fallecido, sólo que ya estaba muerto cuando ella vino al restaurante hace dos semanas —explicó el padre con la mirada baja.

—¿Cómo lo supiste? Dime —lo acució Koishi.

—¿No te diste cuenta de que, en la fotografía que nos enseñó, podía verse una ventana y, a través de ella, el recinto del templo Tofuku-ji y los arces ya rojos?

Koishi negó con la cabeza.

—Esa foto era de los primeros días de noviembre —continuó diciendo Nagare—. Si cuentas tres meses a partir de noviembre...

Los hombros de Koishi, que se había puesto a contar con los dedos, se hundieron.

—Sus dedos eran muy bellos, pero tenía muchas quemaduras de aceite, e Hirune, a quien le encanta la comida grasa, no paraba de restregarse contra ella, seguramente porque su ropa llevaba impregnado el olor de la fritura.

—Entonces, ¿había estado friendo *tonkatsu*?

Nagare asintió con la cabeza.

—Me figuro que estuvo probando distintas recetas, pero reproducir el *tonkatsu* del Katsuden no está al alcance de cualquiera.

—Supongo —susurró Koishi.

Nagare entornó los ojos.

—Creo que soñaba con volver a probarlo con él para poder repetir lo rico que estaba, de ahí que nos dijera que era para su marido.

—No mentía —dijo Koishi con ademán comprensivo.

—Y mira, quizá cuando se acerque el Festival de Gion, el Katsuden vuelva a colgar la cortina —dejó caer Nagare con voz esperanzada.

Koishi se lo tomó a broma.

—¡Venga ya! ¿De veras crees que, después de veinte años separada, una mujer como Suyako va a dejar de dar clases de piano para abrir un restaurante de *tonkatsu*? Lo dudo mucho.

—Un matrimonio es un asunto complicado. Hay quien se va para seguir su propio camino, pero otros lo hacen por el bien de aquellos a quienes aman.

Koishi se encogió de hombros.

—Puedes estar lejos, perderte de vista, pero el vínculo con quienes amas de verdad nunca se rompe. —Nagare se dirigió a la salita y, al entrar, le lanzó al altar una mirada cálida como un día de primavera—. ¿No es cierto, Kikuko?

V

Espaguetis napolitan

ナポリタン

1

Asuka Mizuki salió de la estación de tren de Kioto por el acceso de la calle Karasuma, levantó el rostro y vio la Torre de Kioto tras el tamiz de la lluvia.

Puso cara de desilusión y hastío, aunque sabía que era temporada de lluvias; abrió su paraguas de plástico y echó a andar hacia el norte entre goterones de agua, que caían a plomo y salpicaban en todas direcciones, procurando no mojarse los pies en los charcos.

Al rato divisó, borroso bajo la lluvia, el templo Higashi Hongan-ji, y sujetó el puño del paraguas entre la barbilla y el hombro derecho para sacar un bloc de notas del bolsillo de su chubasquero rojo.

Comprobó el croquis que había dibujado en el bloc y cruzó el semáforo a paso rápido.

Era la tercera vez que visitaba Kioto. La primera había sido durante el viaje de fin de curso de secundaria y la segunda con su querido abuelo Chiichiro (casi podía oír su voz mientras se encaminaba hacia el este dejando atrás el templo Higashi Hongan-ji), y la mayor parte de sus recuerdos consistía en visitas a templos budistas y santuarios sintoístas.

Se detuvo frente a una construcción anodina cuya fachada, enlucida con mortero, era del mismo gris de un ratón mojado. No parecía en absoluto un negocio en marcha, no tenía rótulo ni una cortina típica colgando en la entrada.

—No puede ser aquí —murmuró frunciendo el ceño.

No obstante, se decidió a abrir la puerta corredera.

—Bienvenida —le dijo una joven con delantal blanco y pantalones vaqueros.

—¿Es ésta la taberna Kamogawa? —preguntó Asuka echando un vistazo a la insulsa sala.

—Sí.

—¿Y la agencia de detectives?

—La oficina está al fondo, y yo soy Koishi Kamogawa, la directora —repuso Koishi haciendo una reverencia.

—Pues yo me llamo Asuka Mizuki y vengo a que me ayuden a encontrar un plato —dijo la otra agachando un poco la cabeza. Luego se quitó el impermeable rojo.

—Siéntate, por favor. Enseguida estoy contigo —le pidió Koishi, y se puso a retirar los platos sucios de las mesas. No había ningún cliente, pero era evidente que los había habido hasta poco antes. Asuka buscó una silla que no hubiera estado ocupada y se sentó.

Un hombre vestido con chaqueta blanca de cocinero y delantal blanco salió de la cocina y le preguntó a Koishi:

—¿Un cliente?

Era Nagare Kamogawa, el dueño del restaurante.

—Viene a la agencia —indicó ella mientras limpiaba una mesa, y luego agregó, dirigiéndose a Asuka—: ¿No quieres comer algo antes?

—¿Puedo?

—A los nuevos clientes les ofrecemos el *omakase* —dijo el señor Kamogawa—. Si te parece bien, te lo preparo en un momento.

—Me parece perfecto, como de todo y no tengo alergias de ningún tipo —contestó Asuka levantándose de la silla y haciendo una reverencia.

—Pues resulta que esta noche viene un cliente al que le gusta comer variado, pero muy poco de cada cosa, así que tengo bastante comida. Te traeré una selección —explicó Nagare, y se marchó a la cocina.

—¿De dónde vienes? —le preguntó Koishi mientras le limpiaba con cuidado la mesa—. Está lloviendo muchísimo, ¿no?

—Vengo de Hamamatsu.

—Uy, eso está muy lejos. Te felicito por encontrarnos. ¿Cómo supiste de nosotros? —Le sirvió té con una tetera de cerámica Kiyomizu-yaki.

—Mis padres tienen una pequeña tasca tradicional *izakaya*, así que en casa nunca falta la revista *Ryori-Shunju*. He visto muchas veces su anuncio y siempre me ha llamado la atención lo de «investigaciones gastronómicas».

—¿No has necesitado nada más que ese anuncio para llegar hasta aquí? Si es así, es que era tu destino encontrarnos.

—Al principio estaba perdida por completo, pero me decidí a llamar a la redacción de la revista y me atendió la redactora jefa, quien, después de muchas explicaciones, accedió, como un favor especial, a darme una pequeña pista que me ha servido para llegar hasta aquí.

—Así que tus padres tienen una *izakaya* en Hamamatsu... Seguro que preparan unas anguilas deliciosas.

—Anguilas, por descontado, pero nuestro plato estrella son las empanadillas *gyoza* —repuso Asuka, y dio un sorbito de té.

Entonces llegó Nagare con la comida en una bandeja.

—Hamamatsu es famosa por sus empanadillas —comentó.

—En los últimos años —añadió Asuka llena de orgullo— se ha convertido en la ciudad en la que se comen las mejores empanadillas de todo Japón, arrebatándole el puesto de honor a Utsunomiya.

—Pues las anguilas y las empanadillas me vuelven loca —comentó Koishi mientras ponía en la mesa una bandeja *oshiki* en forma de medialuna con unos palillos *rikyubashi* afilados por ambos extremos encima.

Asuka, desde luego, no se esperaba aquel despliegue digno de un restaurante de postín y se sintió un poco avergonzada.

—Van a tener que disculpar mis modales —dijo encogiéndose.

—Anda, no digas tonterías. Siéntete como en casa —repuso Koishi mientras humedecía un poco la bandeja con un pulverizador.

—En Kioto —intervino Nagare—, incluso en una taberna modesta como ésta tenemos muy en cuenta lo que apetece comer en cada estación del año, de modo que voy a servirte una serie de platos muy de este tiempo de transición entre la primavera y el verano. Como te acaba de decir Koishi, siéntete como en casa y disfruta de la comida.

Nagare fue cogiendo de la bandeja unos platos tan pequeños como la palma de la mano de Asuka y los fue colocando en la bandeja.

—¡Son preciosos! —exclamó Asuka.

—Hay piezas antiguas japonesas y occidentales, y hasta obras de ceramistas contemporáneos. De todo un poco.

Cuando acabó de poner los platitos, la bandeja parecía un jardín lleno de flores de todos los colores. Asuka los contó. Había doce.

—Desde arriba a la izquierda —empezó a decir Nagare señalando los platos con el dedo— tenemos: besugo de Akashi cortado en tiras finas y aliñado con brotes de *konome* que te sugiero probar con salsa *ponzu*; luego un trozo de brocheta de berenjena Kamo asada y berberecho de Maizuru emparedado en raíces de jengibre. Este *bo-zushi* en forma de manga de kimono es de alosa manchada en vinagre dulce. Tenemos también seta *matsutake* joven frita, asado de congrio al estilo *genpei-yaki*, tempura de pimiento Manganji y asado de abalón adobado en miso *saikyo*. Más abajo, fideos *uo-somen*, pollo autóctono al estilo de Kurama y caballa ahumada con piñones, y por último *yuba* crudo con aliño de encurtido *shibazuke*. Te lo he servido todo en porciones de un bocado. Te traeré el arroz con congrio en cuanto esté listo. En fin, ¡muy buen provecho! —concluyó, y se puso la bandeja bajo el brazo.

—Nunca he probado nada igual, ¿por dónde empiezo? —preguntó Asuka con los ojos resplandecientes.

—Toma lo que te apetezca como te apetezca —repuso Nagare; hizo una reverencia y se encaminó a la cocina.

—Muchas gracias —dijo Asuka, juntó las manos y por fin cogió los palillos. Luego, tras probar el besugo con un poco de salsa *ponzu*, no pudo evitar exclamar—: ¡Esto está riquísimo!

Y continuó con la seta *matsutake* joven frita, que sazonó un poco antes de llevársela a la boca, cerrar los ojos y lanzar un suspiro.

Nagare reapareció con una cazuela de barro de cuya tapa escapaban bocanadas de vapor.

—Qué bien huele —dijo Asuka acercando la nariz.

—Ten cuidado, que está caliente —la advirtió Nagare. Luego agregó—: Todo el mundo reconoce las virtudes de la anguila, pero el congrio, aunque más delicado de sabor, también es delicioso. Este arroz está hervido con congrio de Akashi asado y granos de pimienta.

Y levantó la tapa de la cazuela liberando una gruesa columna de humo.

Cuando Asuka probó el arroz, que le habían servido en un pequeño cuenco, una sonrisa de puro placer emergió de su rostro.

Nagare hizo una pequeña reverencia y regresó a la cocina.

Al tercer plato a Asuka ya se le habían humedecido los ojos, pero en el séptimo las lágrimas le salían a borbotones mientras ella intentaba en vano enjugárselas con un pañuelo entre bocado y bocado. Koishi se agachó a su lado conmovida.

—¿Qué te pasa? ¿Algo te ha sentado mal?

—No, no, perdóneme; está todo muy bueno —respondió Asuka llorando de alegría—. Es que cuando como cosas que me gustan mucho me da por llorar; no puedo evitarlo.

—En ese caso... —murmuró Koishi, que recogió los platos vacíos y se dirigió a la cocina.

Nagare observaba con mucha atención a Asuka mientras ésta se comía los cinco platos que le quedaban.

Aquellos sabores la tocaron tan hondo que llegó a pensar que el destino la había llevado hasta la taberna Kamogawa para que probara esas maravillas, y que el plato que buscaba no era más que una simple excusa.

Terminó de comer lamentando mucho que aquella experiencia única hubiera terminado.

—¿Te ha gustado? —le preguntó Nagare, de vuelta en el comedor.

—Decir de estos platos que «estaban buenísimos» no les hace justicia. —Se llevó las manos al pecho y lanzó un suspiro—. Su cocina es de otra dimensión, le confieso que estoy conmocionada.

—Me alegro mucho de que te haya gustado —dijo Nagare. Luego recogió los platos, reemplazó la tetera y la taza por otras de cerámica Banko-yaki—. Koishi ya está preparando la oficina, en un momento te acompañaré hasta ahí. Mientras tanto, te dejo un poco de té verde tostado.

La sala quedó en silencio, sólo se oían los sorbitos de Asuka al tomar té y los suspiros que lanzaba entre sorbo y sorbo.

Al cabo, Nagare llegó a su lado y le agradeció la espera.

—¿Vamos? —dijo Asuka poniéndose de pie, y Nagare la guió hasta el fondo, a la izquierda de la barra, donde estaba la puerta que, a través de un estrecho pasillo, llevaba a la oficina—. ¿Y estas fotos? —preguntó reparando en las fotografías que llenaban las paredes del pasillo.

—Son platos que he cocinado —empezó a decir Nagare, pero luego se detuvo frente al retrato de una mujer que posaba bajo un abedul blanco con una copa en la mano—. Al menos la mayoría.

—¿Es su mujer? —le preguntó la chica señalando el retrato con el dedo.

—Es la última foto que tengo de ella. Se la tomé en Karuizawa mientras se bebía una copa de vino en el hotel a la vuelta de Nagano, adonde habíamos ido a comer fideos soba, que le encantaban. ¿A que tiene cara de estar disfrutando de un momento delicioso?

A Asuka le pareció que los ojos del cocinero se habían humedecido, pero no supo qué decir, y cuando éste reemprendió la marcha lo siguió sin abrir la boca.

—«Asuka Mizuki.» Tienes nombre de artista —le dijo Koishi ojeando el formulario cumplimentado con la letra redonda de su joven clienta.

Se habían sentado frente a frente (Asuka en el borde del asiento) en dos sofás separados por una mesa baja.

Ella se encogió de hombros.

—De pequeña me daba vergüenza mi nombre.

—¿Así que estudias segundo de carrera en la Universidad Femenina Enshu y tienes diecinueve años? Estás en la flor de la vida —le dijo Koishi con algo de envidia.

—Pues yo no tengo esa sensación —repuso ella con voz sombría.

Koishi abrió su cuaderno.

—Y bien, ¿qué plato estás buscando? —preguntó.

—Me gustaría volver a probar unos espaguetis que comí con mi abuelo —murmuró Asuka mirándola a los ojos.

Koishi anotó la información en el cuaderno.

—¿Qué tipo de espaguetis?

—Creo que eran unos napolitan con kétchup y salchichas.

—¡Anda! Los espaguetis napolitan son uno de los platos estrella de mi padre —aseguró Koishi—. ¿A ti te los preparaba tu abuelo?

—No. La verdad es que no me acuerdo de haber comido jamás algo que cocinara él. Éstos los comí en un restaurante durante un viaje que hicimos juntos.

—¿Tu abuelo te llevaba de viaje? ¡Qué fantástico!

—Cuando era pequeña mis padres siempre estaban muy ocupados trabajando, por eso me cuidaba él —explicó Asuka con una sonrisa tímida.

—Ah. ¿Y cómo se llama tu abuelo?

—Chiichiro Mizuki.

Se enderezó en el asiento.

—¿Y qué me dices de tu abuela? —preguntó Koishi.

—Murió poco tiempo después de que yo naciera —repuso Asuka con voz grave—, no recuerdo nada de ella.

Koishi se recolocó el bolígrafo entre los dedos y volvió a la carga:

—¿Y recuerdas dónde comiste esos espaguetis napolitan con tu abuelo Chiichiro?

—No. Fuimos a tantos lugares juntos que...

Bajó los ojos avergonzada.

—¿Ni siquiera en qué región, por ejemplo?

Asuka negó con la cabeza.

—Por desgracia, a mi abuelo le diagnosticaron demencia hace tres años. De haber imaginado que podría pasarle algo así habría hablado mucho más con él de los viajes que hicimos juntos.

—Pues entonces será como buscar una aguja en un pajar —soltó Koishi echando la cabeza hacia atrás y mirando al techo—. ¡Imagina cuántos restaurantes puede haber en Japón donde sirvan espaguetis napolitan!

—Lo siento —dijo Asuka mirando la mesa—, sólo tenía cinco años en aquel entonces.

—Vamos a tratar de recordar el viaje, ¿te parece bien? Cuéntame lo que sea: el medio de transporte, algún detalle del paisaje, cualquier cosa —pidió Koishi como si le hablase a una niña.

Asuka cerró con fuerza los ojos y hurgó con ahínco en su memoria.

—Nos alojamos en un hotel cerca del mar.

—«Un hotel cerca del mar» —escribió Koishi—. Muy bien, muy bien. ¿Algo más?

—Dormimos ahí y al día siguiente subimos a un barco. —Sus ojos despidieron un destello fugaz—. ¡Pero íbamos en el coche!

—Eso significa que tomasteis un ferry —murmuró Koishi, e hizo un doble subrayado en el cuaderno.

—Sin embargo —dijo Asuka—, el viaje de regreso lo hicimos en tren bala, me acuerdo perfectamente de cuando llegamos a la estación de Hamamatsu. ¿Cómo puede ser?

—A lo mejor alquilasteis un coche durante el viaje, mi padre suele hacerlo.

—Quizá. De hecho, tengo la sensación de que no íbamos en el coche de mi abuelo —afirmó la chica mientras asentía con la cabeza.

—Me has dicho que os quedasteis en un hotel cerca del mar, pero ¿dónde?

—...

Por más que Asuka trataba de atrapar los recuerdos que asomaban en su mente, éstos volvían a esconderse antes de que pudiera identificarlos con claridad.

Koishi trató de reorientar la búsqueda:

—¿Te acuerdas de cuánto duró el viaje en ferry?

—No fue largo, un par de horas o algo así.

—Una ruta corta —murmuró Koishi mientras tomaba nota.

Asuka parecía cada vez más inmersa en sus recuerdos.

—Antes de llegar al hotel... había muchas luces encendidas, o eso creo —dijo.

—¿Sería algún tipo de iluminación decorativa? —le preguntó Koishi inclinándose hacia delante animada por aquella nueva pista.

—...

—En fin, dejemos el viaje de lado por un momento —propuso; se enderezó en el sofá e hizo como si alisara la página del cuaderno—. ¿Qué tal si te centras en los espaguetis? ¿Qué tenían de especiales?

—Ya se lo he dicho. Creo que eran unos espaguetis napolitan con kétchup y salchichas.

—Pues no parecen muy especiales —masculló Koishi decepcionada.

—Creo que... sí, sí: ¡eran amarillos! —exclamó Asuka dándose una palmada en los muslos—. ¡Eran amarillos!

—¿Amarillos? Si eran napolitan tendrían que haber sido rojos, ¿no?

—Eran una mezcla de rojo y amarillo —repuso la chica con la mirada fija en el techo. Parecía estar tirando del hilo de la memoria con todas sus fuerzas.

—¿Estás segura de que eran unos espaguetis napolitan? —preguntó Koishi sin saber bien qué debía anotar.

—¿Me estaré liando? —dijo Asuka en voz baja, como si hubiera perdido confianza en su memoria.

—¿Qué me dices del restaurante? Dónde estaba, cómo se llamaba, qué ambiente tenía, etcétera, etcétera. Aunque, pensándolo bien, no estoy segura de que una niña de cinco años se fije en esa clase de detalles —reflexionó Koishi resignándose a recibir una respuesta vaga.

—Me acuerdo de que caminamos un buen trecho desde lo que debe de haber sido la estación del ferry, y de que mi abuelo me llevaba de la mano —contó Asuka con un gesto que hacía pensar en que estaba rememorando el calor de la mano de su abuelo Chiichiro.

—Caminasteis un buen trecho desde la estación, bien. Y después de comer ya no volvisteis a la estación, ¿verdad?

—Como le he dicho, recuerdo que regresamos a casa en el tren bala y que me pasé todo el viaje de vuelta llorando.

—Estarías muy cansada —dijo Koishi con una sonrisa tierna.

—Seguro que sí, pero creo que lloraba, más bien, por lo buenísimos que estaban aquellos espaguetis.

—Uy, es verdad, cuando comes algo que te gusta mucho te da la llorera.

—Sí, y creo que esta extraña reacción mía comenzó con aquellos espaguetis napolitan —comentó Asuka; luego puso cara de estar haciendo memoria y por fin agregó—: Eso es todo lo que recuerdo. Bueno, y una sensación de haberme quemado la lengua, y a mi abuelo tomando una foto de una gran botella roja.

Koishi registró en el cuaderno todo lo que acababa de decirle la chica y luego le preguntó:

—Si tu abuelo estuvo haciendo fotos, podrías revisar las fotos del viaje, ¿no? ¿Las has buscado?

—Una de las razones que nos hicieron sospechar que mi abuelo padecía demencia —repuso ella— fue que empezó a deshacerse de sus pertenencias sin ton ni son: su agenda, con información importante; su colección de sellos; incluso dinero en efectivo. Simplemente tiraba las cosas a la papelera, y las fotos no fueron una excepción.

—Lo siento de veras.

—Pues sí. Antes de que empeorara vivíamos todos juntos, mi abuelo, mis padres y yo, pero llegado un momento se hizo imposible y no quedó más remedio que ingresarlo en un centro. Eso fue el año pasado —relató Asuka muy apenada mientras evocaba a su familia reunida alrededor de la mesa y a su abuelo Chiichiro un poquito achispado de sake, pero muy divertido, y recordaba cómo éste no se iba jamás a la cama sin acariciarle la cabeza.

—Claro, si quedara alguna foto no estarías aquí, ¿verdad? —comentó Koishi cerrando el cuaderno—. ¡Desafío aceptado! Yo creo que mi padre conseguirá reproducir esos espaguetis napolitan.

—Les voy a agradecer muchísimo su ayuda —repuso Asuka enderezándose en el sofá y haciendo una reverencia.

—Sólo una cosa más, ¿qué ha hecho que te decidas a buscar esos espaguetis justo ahora? —le preguntó Koishi.

—Desde luego, me gustaría volver a probarlos, pero la razón principal es que me encantaría compartirlos con mi abuelo aunque sólo sea una vez más, si es posible yendo de nuevo juntos a aquel restaurante.

—Entiendo.

—Aunque lo cierto es que ahora ya ni siquiera me reconoce —añadió agachando la cabeza.

—Bueno, bueno —la tranquilizó Koishi poniéndose el cuaderno bajo el brazo—. Confía en nosotros, encontraremos esos espaguetis napolitan —prometió.

Nagare estaba sentado en uno de los taburetes de la barra leyendo el periódico. Al verlas llegar de la oficina, lo dobló y lo puso a un lado.

—¿Has tomado buena nota de todo? —le preguntó a Koishi.

—Por desgracia, mis recuerdos dejan mucho que desear —intervino Asuka como si quisiera justificarla.

—Hay que buscar unos espaguetis napolitan —reveló Koishi—. ¿Verdad que son uno de tus platos estrella?

Nagare sonrió.

—Supongo que mi receta no te vale, ¿verdad? —le preguntó a Asuka.

—Si están buenos, no me importa —repuso ella devolviéndole la sonrisa.

—¿Le has dado cita para el próximo día? —le preguntó a su hija.

—Vaya, qué despiste. ¿Te parecería bien volver aquí en dos semanas?

Asuka respondió que sí. Luego, cuando se encaminaban hacia la puerta, Nagare se fijó en que llevaba un gran bolso.

—¿Esta noche te quedas en Kioto? —quiso saber.

—Ésa era mi intención, pero como parece que mañana seguirá lloviendo todo el día, mejor me vuelvo a Hamamatsu.

—Kioto bajo la lluvia tiene su encanto —observó Nagare alzando la cara al cielo lluvioso.

—Me reservaré ese placer para la próxima visita —repuso Asuka volviendo a sonreír.

—Haré todo lo que esté en mi mano para encontrar esos espaguetis —le prometió él.

—Tengo muchísimas ganas de volver a probarlos.

Asuka se despidió haciendo una reverencia y se fue caminando en dirección al templo Higashi Hongan-ji. Nagare y Koishi la siguieron un rato con la mirada y después volvieron a entrar en el restaurante.

—Últimamente llueve a diario, ya estoy empezando a hartarme —dijo Nagare sentándose en una silla del comedor.

Koishi ignoró el comentario de su padre. En vez de responder, se sentó a su lado, abrió el cuaderno y le mostró lo que había anotado.

—Esta vez —le dijo— tengo mis dudas de que vayas a tener éxito, disponemos de muy poca información.

—Eso es difícil de valorar hasta que no te pones en serio con el asunto —repuso Nagare sacando sus gafas para poder leer las notas de su hija.

—Pues a mí buscar unos espaguetis napolitan en particular me parece como buscar una aguja en un pajar, los hay en cualquier sitio —opinó Koishi estirándose como si quisiera leer su propio cuaderno, en manos de su padre.

—«Un hotel a orillas del mar», «en coche en un ferry», «luces» —musitó Nagare pasando páginas.

—Me parece que esta vez ni siquiera tú...

—Salgo mañana de viaje —la interrumpió Nagare.

—¡¿Cómo?! ¡¿Ya sabes adónde tienes que ir?! —exclamó Koishi con voz aguda.

—Digamos que me hago una idea del itinerario del viaje que hizo con su abuelo. Eso sí —añadió cruzándose de brazos—, no tengo ni idea de a qué restaurante se refiere, ni siquiera si existe de verdad.

—Ah, de acuerdo, todavía no sabes cuál es el restaurante —dijo Koishi sin mucho entusiasmo.

2

—¡Hoy también llueve! —exclamó Asuka al salir de la estación por el acceso de Karasuma-guchi y mirar al cielo.

«Pues claro que está lloviendo», pensó. Al fin y al cabo, estaban en temporada de lluvias. «Qué remedio», se iba diciendo mientras avanzaba por la calle Karasuma-dori hacia el norte bajo el creciente repiqueteo de las gotas de lluvia sobre su paraguas de lona. Cuando se detuvo ante un semáforo, unos gruesos goterones chocaban en el suelo y le salpicaban de modo inmisericorde los tobillos y los pies. Pero por fin llegó a la taberna Kamogawa.

Koishi abrió la puerta corredera y le dio la bienvenida:

—¡Hola de nuevo! Otro día pasado por agua, ¿eh?

—Buenas —repuso ella cerrando el paraguas y lanzando un suspiro—. Muchas gracias por abrirme.

Se quitó el chubasquero rojo y lo colgó en una escarpia que había en la pared.

El restaurante estaba vacío: quizá los clientes habían vuelto a sus quehaceres después de comer, pero lo cierto era que su presencia se sentía aún en el ambiente. La última vez había sentido lo mismo. No vio a nadie, pero percibió un remanente de calor humano o algo así. No había duda de que aquella taberna era muy especial.

—Sécate, anda —le dijo Koishi ofreciéndole una toalla.

—Muchas gracias —respondió ella; se secó un poco los calcetines húmedos y devolvió la toalla.

En ese momento Nagare se asomó desde la cocina con el gorro blanco en la mano.

—Imagino que nuestra invitada tiene hambre, ¿verdad? —preguntó sin esperar respuesta. Cuando Asuka levantó la cabeza después de hacer una reverencia ya había desaparecido.

—Siéntate —le dijo Koishi—. ¿Cómo sigue tu abuelo? —le preguntó mientras servía té con una tetera de cerámica Kiyomizu-yaki.

—Fui a verlo anteayer, pero no me reconoció.

—Eso debe de ser muy duro —se compadeció Koishi.

Desde la cocina llegó el chisporroteo de una sartén y un olor delicioso. Como si hubiera recuperado el ánimo, Koishi puso un mantel individual rosa delante de Asuka y un tenedor encima.

—¡Koishi! —gritó Nagare desde la cocina—. Voy para allá, ¡el delantal!

—Esto es para que no te manches —le explicó Koishi a Asuka colocándose detrás de ella, poniéndole un delantal blanco y anudándoselo por la nuca. La expectación de Asuka crecía por momentos.

Entonces Nagare se acercó a paso rápido portando una bandeja de plata.

—¡Cuidado con la salsa, que salpica!

Puso un plato de madera sobre el mantel y, encima, una plancha de metal ardiente con un montón de espaguetis chisporroteantes. Asuka se echó hacia atrás de modo instintivo.

—Te aconsejo que te los comas mientras están calientes, ¡pero esta vez procura no quemarte la lengua! —la avisó Nagare sonriente.

—Pero éstos... —dijo Asuka abriendo unos ojos como platos.

—¿Los reconoces? Los espaguetis que comiste con tu abuelo tienen que haberse parecido mucho. En fin, disfruta.

Dejó en la mesa un frasquito de tabasco, se puso la bandeja de plata bajo el brazo y volvió a la cocina.

—Aquí tienes un poco de agua —dijo Koishi poniendo sobre la mesa una jarra de agua y un vaso con hielo, y se fue detrás de su padre.

Sobre la bandeja de metal relucía el rojo intenso de los espaguetis embadurnados en kétchup, aunque también el amarillo vivo de la tortilla que había debajo. Tres salchichas cortadas a lo largo en dos mitades lo coronaban todo.

Asuka juntó las manos un instante y luego cogió el tenedor, se llevó la pasta a la boca e hizo un gesto.

—Está ardiendo —aseguró.

Servidos en una bandeja de hierro, los espaguetis se mantienen mucho más calientes que en un plato convencional, así que, a cada bocado, Asuka se arriesgaba a abrasarse la boca, pero estaban tan buenos que no podía esperar a que se enfriaran ni siquiera un poco.

—Exquisitos —murmuró sin dejar de comer, y pinchó una salchicha deliciosamente dorada.

La tortilla, casi cruda al principio, iba cociéndose con el calor residual de la plancha de hierro. Cuando ya estaba bien cocida por fuera, pero seguía cremosa por dentro, la usó para envolver los fideos.

—¡Es como una *omelette*! —dijo para sí mientras las lágrimas empezaban a correr por sus mejillas.

En su mente se agolpaban los recuerdos de los buenos momentos que había pasado con su abuelo Chiichiro: las ceremonias de ingreso en la primaria, la secundaria, el instituto... Siempre había sido él, y no sus padres, quien había estado con ella, acompañándola.

Nagare volvió de la cocina.

—Parece que he dado en el clavo, ¿verdad?

—Sí —respondió Asuka lacónicamente mientras se enjugaba las lágrimas.

—En realidad, estos espaguetis no se llaman «napolitan», sino «italian», y los sirven en un restaurante de Nagoya: el Chef... aunque lo cierto es que no son su plato estrella. Ese lugar de honor lo ostentan los espaguetis *ankake*, típicos de Nagoya, que llevan verduras salteadas, salchichas y salsa agridulce.

—¿Así que mi abuelo y yo habíamos ido a Nagoya?

Esa ciudad no estaba entre los lugares que ella había barajado como posibles destinos.

—Déjame que te muestre cuál creo que pudo haber sido el itinerario del viaje —repuso Nagare extendiendo un mapa sobre la mesa—. Vuestro destino final era Toba, en la prefectura de Mie. —Señaló un punto—. No descarto que tu abuelo quisiera llevarte al acuario, es una visita que les encanta a los niños. Si os hospedasteis en un hotel cerca del mar y cruzasteis en ferry, es muy probable que la ruta fuera ésta...

Trazó una línea roja en el mapa.

—¿Quiere decir que los dos pasamos la noche en Irago? —preguntó Asuka extrañada.

—Sí, y me parece que las luces que dices haber visto eran de los *denshogiku*.

—¿*Denshogiku*? —preguntaron al mismo tiempo Asuka y Koishi.

—Son invernaderos donde se cultivan crisantemos, y se han convertido en una de las estampas más típicas y famosas de la península de Atsumi. Durante la noche los floricultores dejan encendidos unos pequeños focos porque de ese modo controlan el momento de la floración, pero esas luces se vuelven todo un espectáculo.

Nagare cogió su tableta y le mostró una foto de los invernaderos.

—Caramba —dijo Asuka convencida sólo a medias.

—Mi hipótesis es que tu abuelo quería que vieras el acuario de Toba y que tuvieras la oportunidad de viajar en ferry, así que alquiló un coche en Toyohashi y, tras pasar la noche en Irago, donde viste las luces de los invernaderos, partisteis muy temprano en un ferry a Toba, donde pasasteis el día y desde donde regresasteis en coche a Nagoya yendo hacia el norte por la bahía de Ise. Allí tu abuelo devolvió el coche y, antes de que tomarais el tren bala de vuelta a Hamamatsu, te llevó a un restaurante que, según deduzco, tenía que ser la guinda del viaje porque el plato que quería que comierais les gusta sobre todo a los niños.

Tocó la pantalla de la tableta y abrió una fotografía del restaurante.

—Así que éste era el restaurante —comentó Asuka emocionada.

—Al parecer el chef es tan famoso que muchos viajeros que tienen que hacer transbordo en Nagoya escogen horarios que les permitan ir a comer allí —explicó Nagare—. Como acabo de decirte, el plato que comiste tú no eran unos espaguetis napolitan, sino otros que en el restaurante llaman «italian», y que se sirven, sobre una plancha de hierro, encima de una tortilla que va cociéndose con el calor remanente de la plancha: ése es el color amarillo que recordabas. En cuanto a la botella roja que tu abuelo fotografió, tiene que haber sido un frasco de salsa tabasco como éste, sólo que mucho más grande. De hecho, yo tampoco pude resistirme a hacerle una foto con mi cámara digital.

Le mostró la foto.

—Así que la botella roja era tabasco —indicó Asuka cogiendo el frasco de salsa y comparándolo con el que había fotografiado Nagare. Luego volvió a hacerse con el tenedor y se comió el resto del plato sin dejar ni un solo espagueti.

Se quedó un rato contemplando el plato vacío y, al final, juntó las manos en un gesto de agradecimiento.

—Muchas gracias —dijo.

—¿Cuántos años tiene tu abuelo? —le preguntó Nagare al verla terminar.

—Cumplió setenta y cinco el mes pasado —respondió Asuka.

—¡Entonces no es tan mayor! Espero que estos espaguetis sean el principio de un cambio a mejor.

—Ojalá —dijo Asuka con voz queda.

—Llevarlo al restaurante sería lo ideal —prosiguió Nagare—, pero si eso no fuera posible, tú misma se los puedes cocinar. Es muy fácil, y te he preparado una plancha de hierro y todos los ingredientes necesarios, además de una nota con el modo de preparación. No sé si se podría calificar de «receta», pero no necesitarás más. —Le hizo una seña a Koishi y ésta le llevó a Asuka una bolsa de papel. Ella, sin embargo, aún tardó unos instantes en salir de la corriente de pensamientos en la que estaba inmersa. Entonces se levantó de un salto y les hizo una profunda reverencia.

—Les doy las gracias de corazón. Por favor, díganme cuánto les debo —pidió sacando la cartera del bolso.

—Por favor, ingresa en esta cuenta la cantidad que te parezca apropiada —dijo Koishi entregándole una nota con los datos bancarios.

—De acuerdo. Lo haré en cuanto llegue a casa.

—Nos basta con una cantidad simbólica, ¿eh? —la tranquilizó Koishi—. Sabemos que sigues estudiando.

—Muchísimas gracias —volvió a decir Asuka, e hizo una nueva reverencia. Después se echó sobre los hombros el chubasquero rojo y abrió la puerta corredera.

—¡Alto ahí! —exclamó Koishi adelantándose para cerrarle el paso al gato.

—Pobrecito, está todo mojado —señaló Asuka agachándose—. ¿Cómo se llama?

—Hirune. Lo hemos llamado así porque se pasa el día durmiendo —respondió Koishi poniéndose también en cuclillas.

—Parece que escampa —señaló Nagare extendiendo una mano sobre la que cayó un débil rayo de sol.

Asuka se puso de pie.

—¿Le puedo hacer una pregunta? —dijo.

—Claro que sí —contestó Nagare sosteniéndole la mirada.

—¿Por qué cree que yo recordaba esos espaguetis en concreto, habiendo comido tantísimas cosas distintas con mi abuelo?

—Mira, son conjeturas mías —respondió Nagare, y dio un suspiro antes de continuar—, pero quizá los recuerdes porque, cumplidos los cinco años, tu abuelo comenzó a tratarte como a una persona de pleno derecho en ese viaje.

Asuka abrió mucho los ojos, como si de pronto se hubiera dado cuenta de algo.

—Tal vez —continuó Nagare— hasta ese momento siempre compartíais los platos y en aquel viaje tu abuelo hizo algo que nunca había hecho: pidió un plato de espaguetis sólo para ti y tú fuiste consciente de que era tuyo y de nadie más, y de que eso significaba que habías dejado de ser una bebé. Imagino que aquello te emocionó.

Asuka quiso contestar, pero no encontraba las palabras apropiadas.

—Imagino que por la misma razón —siguió Nagare— a partir de aquel viaje comenzaste a llorar cuando comías cosas que te gustaban mucho, no tanto por el placer de comer sino por un sentido de gratitud que tu abuelo te inculcó y que, aunque no te des cuenta, aún conservas en la memoria.

Escuchando a Nagare, los ojos de Asuka volvieron a humedecerse.

—Saluda a tu abuelo de nuestra parte —dijo Koishi con una sonrisa.

—Muchísimas gracias.

Asuka hizo una última y profunda reverencia y se echó a andar.

Nagare y Koishi la observaron un rato mientras se alejaba.

Regresaron al restaurante y Koishi se puso a recoger el comedor.

—Qué buen trabajo, papá, eres un fenómeno.

—Aquél debió de ser un viaje precioso para una niña de cinco años.

Koishi se detuvo de repente y su mirada se perdió en el vacío.

—Ahora que lo dices, creo que nunca viajé con mi abuelo.

—Tu abuelo trabajaba incluso más que yo, ¡yo tampoco recuerdo haber ido a ningún sitio con él! Eso sí, recuerdo a la perfección sus larguísimos sermones, que comenzaban siempre con un «Para empezar, un policía...» —explicó Nagare encaminándose a la sala con suelo de tatami.

Koishi lo siguió.

—Pero es que tampoco he viajado contigo, papá, siempre viajábamos mamá y yo, las dos solas.

—«Un policía no tiene vacaciones.» Tanto me lo repitió mi padre que, hasta que Kikuko enfermó, os tuve del todo abandonadas —reconoció Nagare, y se sentó frente al altar.

—Ella se encargaba de todo —siguió Koishi—. Me siento muy agradecida por todo lo que hizo por mí. Me llevó a Disneylandia, al zoo, al mar, a la montaña; íbamos ella y yo solas, pero jamás me sentí triste. —Se volvió hacia el altar y agregó—: Lo pasé fenomenal contigo, mamá.

Luego se sentó al lado de su padre y juntó las manos. Ambos ofrendaron incienso.

—¿Salimos a cenar una pasta rica? —propuso el padre.

—Pues a mí me apetecen tus espaguetis napolitan, hace muchísimo que no los pruebo —repuso Koishi implorándole a su padre con los ojos.

—Me alegra que me lo digas. De acuerdo. Tenemos plancha de hierro, así que prepararé unos «italian» —declaró él remangándose.

—¿Plancha de hierro? ¿No se la diste a Asuka? —preguntó Koishi poniéndose de pie.

—Compré un juego de cinco planchas y le di dos a ella, así que nos quedan tres. ¿Qué? ¿Invitamos a Hiro?

—¡Buena idea! Yo iré a por un buen vino —anunció Koishi quitándose el delantal.

—Mejor uno barato —dijo él entregándole la cartera a su hija—. Esta noche cantidad más que calidad. —Volvió la cara hacia el altar—. Imagino que Kikuko también tendrá ganas de beber.

VI

Nikujaga

肉じゃが

1

Kioto bulle de turistas en primavera y otoño; sin embargo, es en primavera, tiempo de flores de vida efímera, cuando concentra el mayor número de visitantes en un corto período de tiempo. Entonces la multitud de turistas adquiere tales proporciones que es como si una especie de marea sumergiera las calles de la antigua capital.

Esa mañana, poco después del mediodía, una nutrida concurrencia se había puesto a admirar los cerezos en flor (apuntándolos sin misericordia con sus teléfonos móviles) frente al templo Higashi Hongan-ji.

Un joven elegantemente trajeado contemplaba aquella estampa ladeando la cabeza y preguntándose qué sentido tenía perder el tiempo en semejante tontería.

Concluida la sesión fotográfica, la marabunta se encaminó al jardín Kikoku-tei, cuyos bellos cerezos sólo conocían unos pocos entendidos, o al menos eso se decía.

Como aprovechando aquella marea humana para desplazarse en la misma dirección, el hombre trajeado también echó a andar hacia el este por la calle Shomen-dori con un mapa en la mano y, después de caminar un rato, vio en el lado derecho de la calle el establecimiento que estaba buscando.

—Es éste —dijo.

Volvió a mirar el mapa para asegurarse y después se asomó al interior por una ventana medio abierta.

A una de las mesas había una mujer madura comiendo sola y a su lado, de pie, un hombre con una chaqueta blanca de chef y delantal blanco, seguramente el cocinero. No vio a nadie más.

Abrió la puerta corredera y entró.

—Disculpe, ¿está el señor Nagare Kamogawa?

—Soy yo, ¿qué deseaba? —contestó Nagare dándose la vuelta.

Se fijó en el atuendo del tipo que iba preguntando por él. Vestía un impecable traje azul de raya diplomática y botines marrones que, de tan brillantes, parecían de charol. Llevaba bajo el brazo un portadocumentos de Bottega Veneta.

—Discúlpeme —continuó el tipo mirando el plato de la señora Tae—, pero esa tempura de brotes silvestres se ve deliciosa.

Se quitó la chaqueta, la colgó en el respaldo de una silla y se sentó.

—¿Quién es usted? —le preguntó en un tono áspero Koishi, que acababa de volver al comedor.

Vestía una camiseta blanca, vaqueros negros y delantal de sumiller del mismo color.

—¿No me he presentado? Perdonen, me llamo Hisahiko Date —dijo tendiéndole a Nagare una tarjeta de visita—. Vengo de parte de Daidoji.

Nagare cogió la tarjeta y la miró con curiosidad: «Date Enterprise.»

—Así que es usted el señor Date, Akane me habló de usted. Me preguntaba cuándo nos visitaría.

—Y esta jovencita debe de ser Koishi, ¿no? —preguntó lanzándole a ella una mirada lánguida—. Daidoji también me habló de usted, pero es incluso más guapa de lo que me habían dicho; bastante más, diría yo.

—¿Jovencita? Si ya soy una vieja arpía, ¿no es cierto señora Tae? —respondió Koishi poniéndose colorada, y le dio un manotazo en la espalda a la pobre señora Tae.

—Pero ¿qué jaleo es éste? —protestó ella, vestida con un kimono de color glicina y un *obi* gris marengo—. ¿No ven que estoy comiendo? Este alboroto es una falta total de respeto.

—Mis disculpas, señora —dijo Hisahiko inclinándose muy ceremonioso—. He perdido la compostura al ver una tempura tan apetitosa y a una mujer tan guapa.

—Le advierto que esa palabrería no suele ser bien recibida en Kioto.

Tae alargó el brazo para mojar la tempura de helecho en la salsa *tentsuyu*.

—¿Tiene hambre? —preguntó Nagare.

—Lamento haber llegado sin avisar, pero si me ofreciera algo de comer no diría que no —contestó Hisahiko llevándose las manos a la barriga.

—A los nuevos clientes les ofrecemos el *omakase*, ¿le parece bien?

—¡Claro que sí!

Nagare dejó la tarjeta de visita encima de la mesa y se fue a la cocina.

—Siéntese, por favor —dijo Koishi arrastrando hacia atrás una silla de tubo tapizada en rojo.

—Veo que no tienen rótulo ni carta —comentó Hisahiko después de sentarse, paseando la mirada por el local—. Daidoji me había advertido de que era una taberna bastante peculiar, pero no me esperaba que lo fuera tanto.

Koishi le puso delante una taza de té.

—¿De qué conoce a la señora Akane?

—Mi empresa acaba de adquirir la revista *Ryori-Shun-ju*, de la que ella es editora jefa. Ya sabe, muchas publicaciones en papel están en una situación desesperada —explicó Hisahiko con indiferencia, y dio un sorbo de té.

Koishi miró de refilón la tarjeta de visita mientras pasaba la bayeta sobre la mesa.

—¿A qué se dedica Data Enterprise?

—Hacemos un poco de todo: negocios financieros, inmobiliarios, gestión de bares y restaurantes y publicaciones. En definitiva, vamos allí donde hay negocio.

Koishi cogió la tarjeta y murmuró:

—CEO.

—Director ejecutivo o consejero delegado. En Japón diríamos que soy presidente de la compañía —explicó Hisahiko mientras toqueteaba su móvil entre sorbo y sorbo de té.

—Pero ¿cómo puede ser el presidente de una compañía siendo tan joven? —preguntó Koishi sorprendida mirando alternativamente a Hisahiko y la tarjeta de visita.

—Koishi, cariño, ¿me traes un poco de *matcha*? —interrumpió la señora Tae.

—¿Quiere que le sirva té *matcha*? Pero todavía no he terminado de traerle todos los platos del menú —le dijo Koishi volviéndose.

—No, mujer, sólo te estoy pidiendo un poco de *matcha* en polvo, no un té.

Nagare salió de la cocina con una copa de sake de porcelana blanca en la mano.

—¿Quiere sazonar la comida con sal de té *matcha*, señora Tae?

—¿Lo ves? Tu padre siempre está a lo que tiene que estar.

—Se lo debería haber traído desde el principio —dijo el cocinero dejando la copa con sal de té al lado de la bandeja de la señora Tae.

—Tal vez sea cosa mía —comentó ella—, pero creo que a estos brotes silvestres les falta un poco de amargor, están demasiado dulces.

Mezcló el polvo de té con un poco de sal común y lo espolvoreó sobre la tempura. Después tomó una pieza del brote de la planta silvestre llamada *koshiabura*, la mojó en la salsa *tentsuyu* y se la llevó a la boca.

—No se le pasa una, señora Tae. En efecto, estas verduras y brotes están menos amargos de lo que deberían, y también menos fragantes, y eso que me fui por ellos hasta el monte Hiei, en Ohara —dijo Nagare desconcertado. Tenía los brazos cruzados y la cabeza ladeada.

—¿No se hace traer los ingredientes? —preguntó Hisahiko dejando el móvil en la mesa.

—Si se trata de brotes silvestres y de setas, voy yo. Los que venden en las tiendas suelen tener poco aroma.

—Está claro que no hay otra ciudad como Kioto. Cada vez tengo más ganas de probar su comida, señor Kamogawa.

—Enseguida se la traigo —repuso Nagare, y se marchó con rapidez a la cocina.

—No sé de dónde viene, joven, pero no se confunda —comentó la señora Tae mirando a Hisahiko—, no todos los restaurantes de Kioto son así. Éste es muy especial.

—Reconozco que no sé nada de gastronomía y muy poco también de Kioto. Vengo de Tokio y ya se sabe cómo son las cosas por allí, aunque, para colmo, nací en una zona rural de Hiroshima, así que, más que un provinciano, soy una especie de mono salvaje.

Hisahiko esbozó una sonrisa.

—Los jóvenes como Koishi quizá no lo sepan, pero los verdaderos provincianos vienen de Tokio, no de Hiroshima —soltó la señora Tae, y le dio la espalda a Hisahiko.

—Listo —dijo Nagare saliendo de la cocina. Llevaba en las manos una gran cesta de bambú trenzado que puso en la mesa, delante de Hisahiko—. Gracias por la espera. Le he preparado raciones generosas porque los jóvenes como usted suelen tener mucha hambre.

—¡Madre mía! —exclamó Hisahiko con los ojos brillantes.

—Estamos en primavera, así que me he atrevido a traerle mi versión del famoso *hanami bento*. La tempura que ve sobre el papel *kaishi* es de brotes silvestres: *kogomi*, *momijigasa*, *yomogi*, *taranome*, *koshiabura* y *shiode*; le he traído sal de té *matcha*, pero también puede mojarlas en salsa *tentsuyu*. El *sashimi* es de besugo rojo y de pez aguja, pruébelos con salsa *ponzu*. Éste —añadió señalando con el dedo— es salmón *masu* en adobo de miso, y esto, tallo de bambú cocido. La ensalada de calamar luciérnaga con alga *wakame* está aliñada con salsa *sumiso*. Aquí tiene ternera de Omi guisada durante toda la noche y alitas de pollo rebozadas y fritas. En el cuenco de sopa, buñuelos *shinjo* de almeja y brotes de bambú. Este arroz lleva bambú, pero si lo prefiere le traigo arroz blanco. Puede repetir de todo. Si necesita algo más, no dude en pedírnoslo. ¡Que disfrute!

Hisahiko fue siguiendo muy atento la explicación de Nagare, asintiendo al identificar cada plato, y cuando Nagare terminó de hablar cogió enseguida los palillos.

—Es un menú muy abundante y variado, cuesta decidir por dónde empezar.

—No quiero hacerme pesada, pero... —intervino la señora Tae volviéndose; sin embargo, Hisahiko no la dejó terminar.

—Va a decirme que no piense que no todos los restaurantes y tabernas de Kioto son así, que esta taberna es muy especial, ¿verdad?

—Exacto —dijo Tae asintiendo enérgicamente.

Hisahiko le dedicó una sonrisa y se lanzó a por el guiso de ternera.

Cerró los ojos y saboreó con fruición el sabor *umami* de la carne.

—Está tiernísimo, se derrite en la boca —murmuró.

—Es por la larga cocción —explicó Nagare—. Coma tranquilo y, cuando termine, háblele a mi hija del plato que está buscando, ella tomará nota.

Se quedó observando unos instantes a Hisahiko y se encaminó a la cocina.

—Le dejo la tetera en la mesa, pero si necesita más sólo avíseme —ofreció Koishi, y siguió los pasos de su padre.

Hisahiko cogió el cuenco de la sopa, dio un sorbo y suspiró. Espolvoreó la tempura con sal de *matcha* y se llevó una pieza a la boca; el crujir del rebozado resonó por el comedor a cada bocado. Luego mojó el besugo en la salsa *ponzu* y, al probarlo, exclamó como para sí:

—¡Éste, éste! ¡Éste es el sabor característico de los besugos del mar interior de Setonaikai!

Se volvió para mirar a la señora Tae.

—Más exactamente, del mar de Uwakai —precisó ella sin darse la vuelta.

—Del mar de Uwakai, claro, por eso está tan sabroso —respondió con los carrillos llenos de arroz con bambú.

Había llegado con hambre, así que se comió en un periquete el pescado a la plancha, los guisos, la ensalada, etcétera, hasta dejar vacía la cesta de bambú.

Nagare volvió sujetando una botella de barro de cerámica Mashiko-yaki.

—¿Le ha gustado? —le preguntó.

—Mucho —repuso él sonriendo de oreja a oreja—. Sabía que no me iba a defraudar porque Daidoji es una gastrónoma de primera y me había puesto este sitio por las nubes, pero ha superado mis expectativas con creces.

—Me alegro mucho —dijo Nagare—. Déjeme que le cambie la tetera por otra con té verde *bancha*. —Reemplazó la tetera de cerámica Kyo-yaki por otra de Mashiko-yaki—. Tómese un respiro y avíseme cuando quiera que lo acompañe a la oficina.

—¿Podría traerme la *mizugashi*? —preguntó Tae.

—Claro. Hoy he hecho *sakura-mochi*, creo que le gustará. Quiere su té *matcha* fuerte, como siempre, ¿verdad?

—Si ha preparado *sakura-mochi*, mejor más suave.

—Me parece bien. Además, he sido muy comedido con el azúcar.

—Perfecto, entonces.

Hisahiko esperó a que concluyese el intercambio entre Nagare y Tae y se levantó masajeándose la tripa.

—Muchas gracias por la comida. Puedo ir solo a la oficina, así que no se preocupe y siga a lo suyo. Tengo que entrar por la puerta que está al fondo, a la izquierda de la barra, y luego recorrer un largo pasillo, ¿verdad? Daidoji me lo explicó todo.

Nagare señaló con un dedo la puerta del fondo.

—Por mí no hay problema —intervino la señora Tae—. No tengo ninguna prisa. Acompáñelo, señor Nagare.

—No soy un niño, puedo ir solo. Descuiden.

Contuvo un eructo y se dirigió a la puerta del fondo.

Las dos paredes del estrecho pasillo estaban repletas de fotografías clavadas con chinchetas. Aunque había imágenes de personas, la mayoría eran de comida. Los platos de carne parecían hipnotizarlo. Avanzaba uno o dos pasos y se detenía, luego volvía a avanzar y a detenerse otra vez. Finalmente llegó a la puerta de la oficina con el rótulo que decía: AGENCIA DE DETECTIVES KAMOGAWA.

Llamó a la puerta.

—Pase, por favor —repuso Koishi abriendo la puerta casi en el acto, como si hubiera estado acechando.

—Con permiso —dijo Hisahiko, entró en la habitación y ocupó el asiento central de un sillón negro.

Koishi se sentó en el sillón de delante y puso una carpeta encima de la mesa baja que estaba entre ambos.

—¿Podría rellenar este formulario? —pidió.

—Todo esto es más formal de lo que imaginaba —respondió Hisahiko cogiendo el bolígrafo.

—Con que indique su número de contacto es suficiente, viene de parte de la señora Akane y ya nos ha dado su tarjeta de visita —dijo Koishi casi en tono de disculpa.

Pero Hisahiko cumplimentó el formulario entero sin titubear en apenas un minuto.

—«Hisahiko Date», «treinta y tres años» —leyó Koishi—, «Roppongi Hills Art Tower Residence». Seguro que es un piso impresionante —concluyó lanzando un suspiro.

—En efecto, ésa es mi residencia habitual, pero parece más bien una oficina, porque celebramos fiestas con los clientes casi a diario. Eso sí, como el piso está en la planta treinta y nueve, las vistas son estupendas.

—En Kioto no hay edificios tan altos.

—Supongo que por eso el paisaje urbano de aquí es más bonito —repuso Hisahiko levantándose y mirando la calle por la ventana—. Como he dicho antes, nací en un pueblo isleño, así que me siento más a gusto en lugares como éste que en Tokio.

—¿Dónde nació exactamente?

—En Toyoshima, una islita del mar de Setonaikai.

—No la ubico —reconoció Hisahiko cruzando sus largas piernas.

—¿Ha oído hablar de una ciudad de Hiroshima llamada Kure?

—Sí, sé más o menos dónde está —señaló ella imaginando el mapa.

—Pues Toyoshima está cerca de Kure. Ahora existe un puente que las conecta, pero cuando yo vivía allí era una islita solitaria a la que sólo se podía acceder en barco —dijo Hisahiko poniendo cara de nostalgia.

Koishi entró en materia.

—¿Está buscando un plato de esa época?

—Sí —respondió el otro inclinándose hacia delante—. Quiero volver a probar el *nikujaga* de carne y patatas que comí cuando era niño.

Koishi tomó nota.

—¿Y cómo era ese *nikujaga*?

—No lo recuerdo —repuso él, y añadió en un tono más bajo—: Sólo sé que me lo preparaba mi madre.

—¿No recuerda nada de nada?

—Me temo que no.

—Entonces tenemos un problema, no podemos buscar sin pistas —observó Koishi con cara de no saber qué hacer.

—Cuando yo tenía cinco años, poco antes de que mi madre falleciera a causa de una enfermedad, nos mudamos a un lugar llamado Kojima, en la prefectura de Okayama. Me acuerdo bastante bien de las cosas que sucedieron a partir de ese momento, pero mis recuerdos de la época de Toyoshima son borrosos.

—Es decir, que su madre falleció hace veintiocho años —dedujo Koishi, y registró el dato en el cuaderno.

—Me acuerdo vagamente de estar jugando con mi madre, bañándome en el mar o explorando la isla, pero no recuerdo los sabores de los platos que ella me preparaba, sólo que me gustaban mucho.

—¿A qué se dedicaban sus padres? —preguntó Koishi intentando hallar algún asidero para la investigación. No quería darse por vencida.

—Eran dueños de una empresa de almacenaje. Recuerdo que mi padre se jactaba con frecuencia de ser el hombre más rico de la isla, pero también es cierto que vivíamos en un pueblo pequeño —respondió Hisahiko bajando los ojos.

—¿Y qué pasó con la empresa cuando se fueron de allí?

—Mi padre trasladó la empresa a Okayama, pero dos años después quebró. Más tarde me enteré de que el tratamiento de mi madre era enormemente costoso, y tuvo que pagarlo del dinero que, en otro caso, habría utilizado para instalaciones y equipos.

—¿Su madre estuvo mucho tiempo enferma?

—Parece que estuvo luchando alrededor de año y medio —murmuró Hisahiko—. Tengo entendido que era una enfermedad incurable.

—Su padre también debió de sufrir mucho.

—No se crea. Antes de un año después de la muerte de mi madre se casó con la mujer que la cuidaba —repuso él sonriendo con frialdad.

—Imagino que a usted no le resultó fácil entenderlo.

—Que te pidan que, de un día para otro, llames «mamá» a la enfermera, pues... Y encima tenía una hija siete años mayor que yo, de modo que dejé de ser hijo único.

—¿Podría decirme el nombre y apellido de las personas que ha mencionado hasta ahora?

—Mi padre, Hisanao Date; mi madre, Kimie Date —empezó a decir Hisahiko como quien lee en voz alta el listín telefónico, mientras miraba cómo escribía Koishi—; mi madrastra, Sachiko Date; y mi hermanastra, Miho Date.

—¿Y qué ha sido de ellos?

—Mi padre falleció la misma primavera en que terminé primaria, así que viví los seis años de secundaria e instituto con Sachiko y Miho. Siempre me sentí un extraño en aquella casa —dijo volviendo a bajar la vista—. Para mí fue una época muy difícil, asfixiante. Cuando terminé el instituto abandoné aquella casa y me marché a Tokio.

—De modo que tenía dieciocho años cuando se fue de casa —calculó Koishi contando con los dedos— y han pasado quince desde entonces.

—Los años han volado.

—Salió de Okayama, se fue a Tokio y triunfó allí —recapituló Koishi dejando de escribir—; ¿qué le ha hecho recordar el *nikujaga* de su madre a estas alturas?

—Todo comenzó cuando accedí a darle una entrevista a *Cubic*, una revista femenina.

—¡La conozco! —dijo Koishi adelantando las rodillas. Se le había iluminado la cara—. De hecho, me encanta.

Me parece ideal para quienes rondamos la treintena. ¡No me diga que lo van a entrevistar para la sección «Hombres de éxito»!

—Exacto —respondió Hisahiko—. Va a aparecer en el número del mes próximo, y no sólo van a hacerme las preguntas típicas sobre mi vida cotidiana y la clave del éxito, sino que tengo que presentar un plato de los que me preparaba mi madre.

—Claro, para la sección de *soul food*, «Los platos de mamá» —murmuró Koishi, y escribió en su cuaderno sin esperar respuesta.

—El *nikujaga* fue el primer plato que me vino a la memoria en el momento en que traté de recordar los que ella preparaba —repuso entonces Hisahiko con un tono de voz sombrío.

—Pero ¿no me dijo que no recuerda ni cómo era ni a qué sabía? —preguntó Koishi con incredulidad.

—Simplemente tuve el convencimiento de que el *nikujaga* es mi *soul food*.

Hisahiko apretó los labios.

—Pero no recuerda el sabor —dijo Koishi reclinándose sobre el respaldo del sofá.

—Recuerdo que estaba muy bueno y que tenía un color rojizo, eso es todo. Aunque me acuerdo muy bien del otro *nikujaga* —dijo frunciendo el ceño.

—¿Del otro?

Koishi se incorporó como un resorte y volvió a sujetar el bolígrafo.

—Aquello sucedió durante las vacaciones de primavera el año de mi graduación de secundaria. Yo había ido a tramitar mi ingreso en el instituto y, cuando volví a casa, la mesa estaba puesta, pero la señora Yukiko y mi hermanastra Miho habían salido. Fui a la cocina y me encontré dos ollas de *nikujaga* —relató Hisahiko.

—Dos ollas, ¿eh? —repitió Koishi con interés.

—Probé ambos guisos y me di cuenta de que uno estaba mucho más rico que el otro porque tenía carne. Ése era el de ellas, al mío no le habían puesto carne —dijo Hisahiko con una mezcla de tristeza e indignación—. Lo raro es que, cuando me lo servían en la mesa, sí tenía algo de carne. Supongo que se sentían culpables.

—Quizá lo repartían en dos ollas porque no cabía en una —aventuró Koishi para consolarlo.

—En secundaria uno ya se da cuenta de esas cosas, y cuando me percaté de que me habían estado engañando me llené de rabia. Era la confirmación de que me marginaban por no tener lazos de sangre con ellas —repuso Hisahiko apretando los labios de puro enfado.

—Entiendo —dijo Koishi, pero no se le ocurrió nada más que decir.

Hisahiko apretó los puños y continuó:

—En ese momento me juré que me iría, que alcanzaría el éxito y que así me vengaría de su desprecio.

—Pero no se acuerda de cómo era el *nikujaga* de su madre. ¡Vaya problema! —exclamó Koishi, y lanzó un suspiro.

—A lo mejor no tiene importancia, pero dado lo bien que vivíamos en Toyoshima, es probable que mi madre utilizara carne de primera —afirmó Hisahiko sacando pecho—. Me parece recordar a mi padre diciendo: «La mayoría de la gente no se puede permitir carne de esta calidad.»

—«Carne de primera», muy bien, aunque no sirve de mucho si no tenemos ni idea de los otros ingredientes —murmuró Koishi, y luego ladeó la cabeza y se puso a hojear el cuaderno.

—Hay algo más.

—Cuénteme —pidió Koishi mirándolo fijamente a los ojos.

—No tengo ni idea de por qué, pero cuando pienso en el *nikujaga* de mi madre me viene a la cabeza la imagen de unas montañas.

—¿Montañas? *Nikujaga* y montañas, no veo la relación —declaró Koishi; se cruzó de brazos y se quedó mirando el techo.

—Tenga en cuenta que son recuerdos de cuando apenas tenía cinco años —protestó Hisahiko recuperando la firmeza en la voz.

—Carne de primera, montañas. Menudas pistas para reproducir un plato —refunfuñó Koishi.

—De todas formas, tengo un plan B en caso de que ustedes me fallen —reveló Hisahiko lanzándole a Koishi una mirada casi desafiante.

—¿Un plan B?

—Sí, pienso pedírselo a Yoshimi Tateno —afirmó muy ufano—. Ya sabe, ese cocinero que sale a menudo en televisión: «El príncipe de la cocina japonesa de autor.» Es muy amigo mío y estoy seguro de que él sabría reproducir el *nikujaga* de mi infancia con los mejores ingredientes.

A Koishi le molestó el comentario, pero puso cara de póker y lo dejó correr. No apuntó nada en el cuaderno por no soliviantar a su padre.

—¿Mantiene el contacto con su madrastra y su hermanastra?

—La última vez que las vi fue cuando volví a la casa de Kojima para la ceremonia de mi mayoría de edad.

—O sea que lleva trece años sin verlas.

—Ni falta que me hace —le respondió él con indiferencia.

—De acuerdo. Veremos qué podemos hacer —le dijo Koishi, y cerró el cuaderno.

—¿Serán capaces de llegar a tiempo? Le recuerdo que la entrevista debe salir el próximo mes, así que, si tienen problemas, avíseme cuanto antes para pasar al plan B.

• • •

Hisahiko salió de la oficina con aire de suficiencia, recorrió el pasillo sin esperar a Koishi y abrió la puerta que daba al restaurante.

—¿Ya han acabado? —le preguntó Nagare doblando el periódico que había estado leyendo.

—Su hija me ha escuchado con atención y me ha hecho preguntas muy pertinentes —repuso Hisahiko, y se dio la vuelta para mirar a Koishi, que entraba en la sala.

—Trataremos de resolver su problema lo antes posible —dijo Nagare levantándose de la silla y haciendo una reverencia.

—Quedo a la espera. Vendré volando tan pronto como me llamen —declaró Hisahiko, y también hizo una reverencia.

—Debe de estar usted muy ocupado, con todos sus negocios.

—Estoy rodeado de buenos empleados y me queda bastante tiempo libre. Para que se haga una idea: en ocasiones hasta me doy el lujo de venir a Kioto sólo para comer ese ramen negro con sabor a salsa de soja que hacen aquí —bromeó Hisahiko.

—Bien —respondió Nagare devolviéndole la sonrisa—. Como le he dicho hace un momento, Akane ya me había hablado de su caso. Haré todo lo que esté en mi mano.

Koishi, que había estado callada escuchándolos, abrió la puerta corredera.

—Espero su llamada cuanto antes —dijo Hisahiko, y salió a la calle.

El gato se le acercó corriendo.

—¡Oye, Hirune, no le ensucies el traje al señor! —gritó Koishi, y lo cogió rápidamente en brazos.

Hisahiko no prestó la más mínima atención al animalito y se fue caminando tranquilamente por la calle Shomendori en dirección oeste.

• • •

Koishi miró a Nagare con cara de preocupación al regresar al restaurante.

—¿No necesitabas preguntarle nada, papá? Creo que es un caso bastante difícil.

—¿Qué plato es? —preguntó Nagare sentándose en una silla.

Koishi tomó asiento frente a él.

—Un *nikujaga*.

—Lo que imaginaba. El que le preparaba su difunta madre, ¿no? —preguntó Nagare sonriendo con confianza.

—¿Cómo que «lo que imaginabas»?

—Hace más o menos un mes Akane me pidió que investigara acerca de un hombre llamado Hisahiko Date: quería saber si era buena idea trabajar con él. Por eso —dijo Nagare sacando un clasificador de la estantería— ya sé bastantes cosas: dónde nació y creció, a qué se dedica ahora, etcétera, etcétera.

—O sea, que aquel viaje repentino a Tokio fue para ver a la señora Akane —manifestó Koishi como cayendo del guindo.

—No podía dejarla tirada. Además, la noté nerviosa y agobiada al teléfono —explicó el padre revisando los documentos del clasificador.

—Papá —dijo Koishi, y lo miró con semblante serio.

—¿Qué?

—Nada —dijo su hija poniendo los ojos en blanco—. Es igual.

—Mira que eres rara —comentó Nagare, y siguió hojeando el archivo.

—¿Te acuerdas de cómo era el *nikujaga* que hacía mamá? —preguntó Koishi momentos después.

Nagare paró de hojear la carpeta y entornó los ojos haciendo memoria.

—Era un *nikujaga* normal. Ternera en lonchas finas, cebolla, zanahoria, hilos de *konjac* y patatas de la variedad Danshaku, que le daban un toque dulce. Ésa era su pequeña manía.

—Pues igual que tú, no te digo —repuso Koishi riendo.

—Tienes razón —aceptó Nagare; cerró el clasificador y abrió el cuaderno de notas de su hija.

—El señor Date —dijo Koishi arrugando la nariz— me contó que, cuando era niño, sus padres tenían mucho dinero y que por eso es probable que su madre usara carne de primera. No sé por qué, pero no consigo simpatizar con esta historia.

—Ya hemos aceptado el encargo. Es irrelevante que nos guste o no —sentenció Nagare en tono expeditivo.

—Se supone que eso es una montaña —aclaró Koishi señalando con el dedo un dibujo que parecía el monte Fuji.

—¿Una montaña? Creo que tendré que ir a Okayama.

—¿A Okayama? ¡Pero lo que ese hombre está buscando es un *nikujaga* de cuando vivía en Hiroshima!

Nagare desplegó un mapa.

—También iré a Hiroshima, pero primero toca ir a Okayama —dijo señalando el mapa.

—A la prefectura de Okayama, a ver qué encuentras por allí. Bueno, no te olvides de traerme unos dulces *kibidango* —repuso Koishi, y le dio a su padre un manotazo en la espalda.

2

En plena floración de los cerezos Kioto es un auténtico hervidero de gente. Hisahiko reservó un taxi desde su asiento en el tren bala, previendo las dificultades para coger uno cuando llegase a la estación.

Al llegar se subió en una berlina negra que lo esperaba en el extremo este de la salida de Hachijo-guchi y le indicó al conductor la dirección de la taberna Kamogawa.

—En treinta años de taxista, nunca he oído hablar de esa taberna. ¿Sirven algo especial? —preguntó el conductor mirando a Hisahiko por el retrovisor.

—Tengo entendido que preparan algo diferente cada día. El plato de hoy debe de ser *nikujaga* —contestó él contemplando la ciudad a través de la ventanilla.

El tráfico era intenso y frunció el ceño mirando una y otra vez su reloj de pulsera. Cuando llegaron al restaurante, tras más de quince minutos de viaje, no podía esconder su mal humor.

—Quédate con el cambio y ábreme la puerta enseguida —le dijo al taxista; luego bajó del taxi como teniendo que quitarse al pobre hombre de encima y se plantó delante de la taberna en el preciso instante en que Koishi, como si hubiera intuido su presencia, abría la puerta corredera.

—Lo estábamos esperando.

—Gracias por escribirme —dijo Hisahiko mientras se quitaba el impermeable beige, que llevaba sobre una camisa negra.

Nagare salió de la cocina sonriente.

—Mucho atasco, ¿verdad?

—Ya lo preveía —repuso Hisahiko encogiéndose de hombros—, aunque de todas formas...

—¿Tiene apetito?

Hisahiko miró el reloj de pared, eran algo más de las once y media.

—Ya es casi la hora de comer, así que... —respondió con una media sonrisa.

—Para que el *nikujaga* no se viera tan desangelado he preparado también una guarnición y un poco de arroz blanco. Deme un momento y se lo traigo —dijo Nagare, y se marchó a la cocina.

Hisahiko se sentó a una mesa y sacó el móvil del bolso.

—Mire, ¿qué le parece? —le preguntó a Koishi mostrándole la pantalla.

Ella se acercó, miró el aparato entornando los ojos y le preguntó a su vez:

—¿Es algún plato de comida francesa?

—Es la versión del chef Tateno del *nikujaga* de mi madre —explicó Hisahiko muerto de risa.

Koishi puso unos ojos como platos.

—¿Eso es un *nikujaga*?

—Está hecho con carne de grado A5 de buey de Matsuzaka y patatas Northern de Hokkaido: lo mejor de lo mejor, pues. Ha utilizado salsa de soja Shimousa de Chiba y azúcar Wasanbon, que se emplea en la repostería japonesa. Dudo mucho que mi madre utilizara exactamente esos ingredientes, pero, según él, teniendo en cuenta quién soy ahora, deberían de haber sido de ese nivel —afirmó Hisahiko con jactancia.

—¡Pero son patatas moradas envueltas en lonchas finas de carne! Me cuesta aceptar que a eso se lo pueda llamar «*nikujaga*» —repuso Koishi con sinceridad.

—Le daré la entrevista a *Cubic* después de haber probado su plato, así podré elegir cuál de los dos les propongo.

Entretanto Nagare había llegado de la cocina con una bandeja lacada. Esperó a que Hisahiko guardase el móvil y la puso sobre la mesa.

—¿Éste es el *nikujaga* de mi madre...? —preguntó Hisahiko con gesto inquisitivo, y se inclinó sobre la bandeja.

El *nikujaga* estaba servido con generosidad en un cuenco Kurawanka de porcelana de Imari y el arroz rebosaba de un bol decorado con motivos lineales de luminoso azul cobalto. También había repollo de Hiroshima, servido en un platillo de cerámica Shigaraki-yaki, y sopa de miso, en una escudilla con lacado Negoro-nuri de la que se elevaban bocanadas de vapor que hacían piruetas en el aire.

—Éste es el *nikujaga* de su madre. El arroz es de la variedad Koshihikari de Hiroshima, que es muy glutinoso, dulce y cremoso. Dejé que se pasara un poco de cocción, tal como a usted le gustaba de niño.

—¿Como me gustaba? ¿Cómo lo sabe?

—Ya hablaremos de eso cuando termine de comer. El encurtido *tsukemono* es *furu-zuke* de repollo de Hiroshima y la sopa de miso está hecha con caldo de cabeza y espinas de besugo y lleva un huevo poché. Todo esto le encantaba, ¿verdad? Pues disfrútelo.

Nagare hizo una reverencia y se fue seguido de Koishi.

Hisahiko olió el *nikujaga* y asintió con convicción, pero tan pronto probó la carne ladeó la cabeza con perplejidad. Bebió un poco de miso y lanzó un suspiro, luego rompió el huevo con los palillos, bebió un poco más y esbozó una sonrisa. Entonces pasó al encurtido, que mezcló con el arroz. Se llevó un poco a la boca y sonrió de oreja a oreja. Se enderezó y quiso probar suerte de nuevo con la carne. Colocó un trozo sobre el arroz blanco y después estuvo masticándolo un buen rato.

—¿Qué le parece? —le preguntó Nagare, que había vuelto con una tetera de cerámica Mashiko-yaki—. ¿Le trae recuerdos?

—La sopa de miso, el *tsukemono* y el arroz me han despertado un fuerte sentimiento de nostalgia, pero con el *nikujaga* no me ha pasado lo mismo. Éste no es el *nikujaga* de mi madre, señor Kamogawa, sino el que preparaba la señora Yukiko. No es el que le pedí, me temo que se ha confundido. Lo siento, pero no tengo más tiempo para que vuelva a intentarlo. No se preocupe por el dinero, sólo mándeme la factura a la dirección que figura en mi tarjeta de visita.

Se levantó y comenzó a recoger sus cosas.

—Espere un momento —terció Koishi titubeante, mirando alternativamente a su padre y a Hisahiko.

—Veo que lo recuerda bien —dijo con calma Nagare—. En efecto, este *nikujaga* es el que preparaba la señora Yukiko Date.

—Pues no es el que le pedí —repitió Hisahiko con altanería, y se puso el impermeable sobre los hombros.

—Al contrario —repuso Nagare mirándolo a los ojos—, éste es el *nikujaga* que estaba buscando.

—Pero ¿qué dice? Le repito por última vez que el *nikujaga* que estaba buscando es el que hacía mi madre, Kimie —dijo Hisahiko con rapidez—. Éste es el que preparaba la señora Yukiko. No se parecen ni siquiera en el color, ni qué decir del sabor. ¡El de mi madre era otra cosa!

—Siento contradecirlo, pero es el mismo.

Ante el empeño de Nagare Hisahiko había enrojecido.

—¿Cómo va a ser el mismo? —replicó exasperado—. Mi madre y la señora Yukiko son dos personas distintas.

—Si tiene prisa puede irse y, como el resultado de nuestra investigación lo ha defraudado, no nos debe nada —dijo Nagare con amabilidad, y añadió con una sonrisa bondadosa—: Pero si está dispuesto a escuchar lo que tengo que contarle, le ruego que se siente.

—Bueno, tampoco es que esté muy apurado.

Se quitó el impermeable y volvió a sentarse.

—Como bien ha dicho usted, esta receta es de la señora Yukiko, por eso el *nikujaga* no es rojo, pero por lo demás es igual al que le preparaba su madre. Por cierto, la señora Yukiko se encuentra muy bien: la visité en su modesta casa a las afueras de Kojima.

Nagare le mostró la fotografía de una vivienda de una sola planta con tejado de zinc rojo. Hisahiko la cogió y preguntó sorprendido:

—¿Todavía sigue viviendo en esa casa?

—Desde que su hija, la señorita Miho, contrajo matrimonio hace siete años, la señora Yukiko vive sola en ese lugar. Por cierto, la habitación que usted ocupaba está igual que la dejó. —Hisahiko seguía mirando con atención la fotografía—. En realidad fue su madre quien le dio a la señora Yukiko la receta del *nikujaga* —añadió Nagare poniendo encima de la mesa un cuaderno de tapas desvaídas—. En este cuaderno constan todos los ingredientes y condimentos, y la forma de preparación. Le pedí que me lo prestase y, después de dudar durante un rato, terminó accediendo con amabilidad.

—«La comida que le gusta a mi Hisahiko» —leyó él, y abrió rápido el cuaderno—. ¿Esto era de mi madre?

—Su madre siempre tuvo una salud frágil. Intuía que no le quedaba mucho tiempo, por eso encomendó su cuidado a la señora Yukiko y, conociendo su tendencia a comer mal, dejó apuntado todo lo que le gustaba y lo que no.

—Así que mi madre se lo había dejado todo anotado a la señora Yukiko —musitó el otro pasando las páginas y leyendo con avidez aquí y allá.

—El *nikujaga* aparece en la página cinco —lo informó Nagare. Él retrocedió hasta esa página y Nagare continuó—: Según dicen, el *nikujaga* proviene precisamente de Kure, la localidad a la que pertenece Toyoshima. Allí, para evitar que la patata se deshaga durante la cocción, se recurre habitualmente a la variedad de patata May Queen, pero su madre empleaba patatas de la variedad Dejima, autóctona de Akasaki, un lugar próximo a la isla. Esa clase de patatas era y sigue siendo muy popular; sin embargo, usaba cebollas de la isla de Awaji y salsa de soja de la isla de Shodo, que debían de ser complicadas de conseguir por entonces. Se conoce que su madre lo quería mucho.

—El guiso Yamatoni del que se habla aquí no será... —murmuró Hisahiko sin apartar los ojos del cuaderno.

—Exacto, un producto enlatado. A la sazón, en Toyoshima no existían carnicerías que tuvieran de modo regular ternera de buena calidad y, como a usted sólo le gustaba la carne magra, su madre optó por comprarla enlatada. Al fin y al cabo, era una carne magra, siempre de la misma calidad, y supongo que, como esposa del dueño de una empresa de almacenaje de alimentos, no le costaba conseguir estas latas. —Nagare sacó una lata de Yamatoni, la dejó encima de la mesa y continuó—: Deduzco que usted oiría muchas veces a sus padres hablar del guiso Yamatoni, pero su oído infantil sólo captaba la palabra *yama*, es decir, «montaña», porque era muy niño para conocer la palabra «Yamato», el antiguo nombre de Japón —concluyó Nagare señalando con el dedo la palabra en cuestión, impresa en la lata.

—De ahí la imagen de la montaña —comentó Hisahiko cogiendo la lata y contemplándola con curiosidad.

—El color del *nikujaga* que recuerda tiene que ver con que, de muy niño, no le gustaba la zanahoria; en cambio, cuando comenzó a vivir con la señora Yukiko ya era algo mayor y se la comía sin problemas, de modo que ella podía ponerle al guiso las zanahorias trituradas de la receta. Esas zanahorias explican la diferencia de color. Y así llegamos a las dos ollas que usted se encontró en la cocina cierto día en que la señora Yukiko y su hermanastra habían salido. Si uno de los guisos no tenía carne no era porque lo discriminaran, sino porque la señora Yukiko añadía la carne enlatada, que ya estaba cocida y sazonada, al final, justo antes de servir los platos; de otro modo esa carne se habría hecho de más y habría estado dura.

—Y pensar que ahora me gusta más la carne de ternera *shimofuri*, muy veteada —comentó Hisahiko, y volvió a observar la lata con interés.

—Si la carne es buena, también lo es su grasa; si no, resulta desagradable. El caso es que, pese a que los gustos cambian con la edad, la señora Yukiko se mantuvo siempre fiel a las indicaciones de su madre. Mi impresión es que es una buena persona.

Le mostró una foto de la señora Yukiko en la puerta de su casa.

—Qué bajita la veo ahora —dijo Hisahiko con los ojos húmedos.

Nagare le sirvió té.

—Me parece que las recetas del *furu-zuke* de Hiroshima y la sopa de miso con huevo escalfado son añadidos de la señora Yukiko, porque la letra es diferente a la del resto del cuaderno.

—No tenía ni idea de que existiera un cuaderno como éste —dijo Hisahiko cerrándolo y acariciando la portada.

—Así, el *nikujaga* que comía de niño, rojo o no, era siempre el mismo: el que su madre le transmitió a su madrastra.

—O sea que la señora Yukiko se molestaba en cocinar un *nikujaga* aparte expresamente para mí —dijo Hisahiko con la mirada perdida. Rememoraba las dos ollas.

—De todas formas, seamos sinceros —siguió Nagare—; tratándose de una revista como *Cubic*, la receta de su amigo chef es sin duda más conveniente. La he visto antes de pasada y me parece que, sin duda, es más acorde con su imagen. Tenga en cuenta que la otra receta lleva carne enlatada. —Hisahiko siguió acariciando la portada del cuaderno sin responder—. La señora Yukiko —prosiguió Nagare— me dijo que se alegra mucho de que haya triunfado y siga cosechando éxitos. Tiene un álbum lleno de recortes de prensa sobre usted. También me contó que usted sigue enviándole mucho dinero cada fin de año. Está muy agradecida, aunque me aseguró que no ha tocado un solo yen y lo tiene todo bien guardado.

Hisahiko sonrió con amargura.

—Podría haber reformado la casa o haberse comprado una nueva.

—Creo que se alegra de verdad por su triunfo, pero le preocupa su posible caída —reflexionó Nagare—. Supongo que guarda el dinero por si eso sucediera y usted necesitara ayuda. Tengan o no vínculos de sangre, a una madre le preocupa el destino de su hijo, las madres son así.

—Muchísimas gracias por todo —dijo Hisahiko levantando la cara del cuaderno—. Por favor, dígame cuánto les debo por esto y por la comida del otro día.

—Por favor, ingrese en esta cuenta lo que considere apropiado —repuso Koishi dándole un papel.

—¿Puedo llevarme el cuaderno y la lata? —preguntó Hisahiko.

—Adelante. De hecho, tengo cinco latas para que se lleve si quiere —contestó Nagare mirándolo a los ojos.

Koishi abrió la puerta de la alacena.

—¿Se lo ponemos todo en una bolsa de papel?

—No se preocupe, me cabe todo en el bolso.

Hisahiko metió las cosas en su bolso y lo estrechó contra su pecho.

—Tengo muchas ganas de leer su entrevista en *Cubic* —le dijo Koishi abriendo la puerta corredera.

—Le haré llegar un ejemplar en cuanto salga a la venta —respondió Hisahiko mientras Hirune se acercaba con sigilo a sus pies—. Qué envidia me dan los gatos —aseguró—. ¡Viven tan tranquilos! ¿Cómo se llama? —preguntó, y se agachó para acariciarle la cabeza al animalito.

—Le pusimos Hirune porque siempre está durmiendo —respondió Koishi acuclillándose también al lado del gato. Hirune maulló.

Hisahiko se puso de pie y se pasó las manos por las perneras del pantalón para desarrugárselas.

—Dele recuerdos a Akane —le pidió Nagare.

—No sé si debería preguntarle esto —indicó Hisahiko—, pero ¿cuál es su relación con Daidoji?

—Era amiga íntima de mi difunta esposa, la conozco desde antes de casarme. Para mí es como una hermana pequeña.

—De ahí el anuncio en la revista *Ryori-Shunju* —murmuró Hisahiko atando cabos.

—No es una simple revista de restaurantes —le explicó Nagare—, sino una publicación rigurosa donde se habla con fundamento de la cultura culinaria. Sabía que publicando un anuncio ahí me aseguraba que sólo vinieran clientes serios. Además, estoy convencido de que sólo los que están destinados a llegar aquí lo consiguen —sentenció.

—Le ruego que cuide de la señora Akane y de *Ryori-Shunju* —pidió Koishi agachando la cabeza.

Hisahiko se despidió con una reverencia y echó a caminar hacia el poniente. Nagare y Koishi respondieron con sendas reverencias cuando ya se alejaba.

De vuelta en el restaurante, Koishi le preguntó a su padre:

—¿Cuál de los dos *nikujaga* crees que elegirá?

—No lo sé ni me importa —contestó secamente él.

—La última vez ni siquiera se fijó en Hirune, pero en esta ocasión incluso le acarició la cabeza; ¿será que algo ha cambiado en su interior? —aventuró Koishi cruzándose de brazos.

—Muy buena observación, veo que vas aprendiendo.

—Por fin te has dado cuenta.

—¡Pues claro que me doy cuenta! —exclamó Nagare—. Bueno, ¿quieres que salgamos esta noche a ver las flores del cerezo? Puedo preparar un *hanami-bento* para que nos lo comamos a la luz de la luna.

—Me parece genial, y también llevaremos una buena provisión de sake. ¿Adónde has pensado ir?

—He oído que los cerezos llorones del camino Nakaragi-no-michi, en las márgenes del río Kamogawa, están espectaculares. Podríamos ir en metro hasta la estación de Kitaoji y...

—¿Y mamá? —preguntó Koishi mirando al altar.

—Prepararé *bento* para tres y nos llevaremos una foto suya —repuso Nagare encaminándose a la cocina.

—¡Claro! ¡Y nos llevaremos algo más! —exclamó Koishi; fue corriendo al cuarto de estar y abrió uno de los cajones de la cómoda.

—¿Qué? —le preguntó Nagare asomándose.

—El fular que teñimos de rosa con las flores del *sakura* y que tanto le gustaba a mamá. ¿Te acuerdas?

Koishi apretó el fular contra el pecho.

—Claro que me acuerdo. Se lo compré en un viaje que hicimos a Shinshu, pero se lo dejó olvidado en el tren de vuelta. ¡Cómo lo lamentó, la pobre! Se echó a llorar, igual que cuando lo recuperamos —rememoró Nagare con lágrimas en los ojos.

—Estaba pensando en el señor Date —dijo Koishi—. Yo sólo he tenido una madre y no necesito más —declaró, y volvió a estrujar el fular contra el pecho.

—Cada vez te pareces más a Kikuko —comentó Nagare entornando los ojos.

Índice

**Bienvenidos de nuevo
a la taberna Kamogawa,
el fenómeno internacional
que ha abierto al mundo
el misterio de los sabores
japoneses más deliciosos.**